पुस्तकालय

प्रेरित डागा

अंजुमन प्रकाशन

Title : Pustkalay
Author : Prerit Daga

Published By-
Anjuman Prakashan
942, Mutthiganj, Prayagraj, 211003
www.anjumanpublication.com
anjumanprakashan@gmail.com

First published by Anjuman Prakashan in 2025

Cover & Typeset by Anjuman Prakashan

ISBN : 978-81-19562-25-1

समर्पण

यह पुस्तक मैं अपने पिता श्री राकेश कुमार डागा व माता श्रीमती रेणु रानी डागा को समर्पित करता हूँ

लेखकीय

कहानियाँ हमारे जीवन का एक महत्त्वपूर्ण भाग रहीं हैं। केवल मनोरंजन का साधन नहीं, बल्कि उपदेशों को बल देने का भी काम करती रहीं हैं। कहानियाँ हमें रस भी प्रदान कर सकती हैं और प्रेरणा भी, यह हम पर निर्भर करता है कि हम क्या प्राप्त करना चाहते हैं - सूर्य की गर्मी या सूर्य का प्रकाश? या दोनों?

क्या कहानियाँ केवल कपोल कल्पना हैं या किसी वास्तविक घटना का रूपांतरण? या लेखक के अपने विचारों की एक लिखित आकृति? जिसके द्वारा कोई संदेश दिया जा रहा हो।

यह कहना सरल है कि किसी कहानी को पढ़ने मात्र से हमें कुछ सीखने को मिलेगा। लेकिन उसको यथार्थ समझ पाना तथा व्यव्हार में ला पाना उतना सरल नहीं है। विशेषकर तब, जब उस सीख को कहानी में स्पष्ट नहीं किया गया हो। लेकिन यह असंभव भी नहीं है। जैसे, कोई प्राकृतिक घटना स्पष्ट तौर पर कुछ नहीं कहती है फिर भी हम उस से जाने कितनी उपमाएँ निकालकर प्रेरणा प्राप्त करने का प्रयास करते रहते हैं - बहते जल का शुद्ध होना, उदय और अस्त होते समय सूर्य का एक समान (लाल) दिखाई पड़ना, फलदार वृक्षों का नमन करना, प्रकृति की परिवर्तनशीलता इत्यादि। इन सभी से हम जीवन के उन मौलिक सिद्धान्तों का निर्माण करते आए हैं, जो हमारे अनुमान से इनके रचयिता की भावना रही होगी। भले ही ये घटनाएँ हमारे निजी एवं सामाजिक दैनिक जीवन से स्पष्ट मेल नहीं खातीं।

बहता जल यह स्वयं तो नहीं कहता कि मनुष्य चलायमान रहेगा तो निर्मल रहेगा। क्या सूर्य ने हमें स्वयं आकर बताया है कि समझदार व्यक्ति अच्छे और बुरे समय में एक समान व्यवहार करें? वृक्षों ने गुणीजनों के गुणों की व्याख्या नहीं की। और न ही प्रकृति किसी मंच से परिवर्तन के नारे लगाती है। फिर भी यह सब हमने इन्हीं सब से सीखा और व्यावहारिक

जाना। क्या इसी भावना से हम पुस्तकों और कहानियों के संदर्भ में विचार कर सकते हैं? क्या व्याकरण के नियमों से निकलने वाले अर्थ ही किसी कहानी के मर्म से न्याय कर सकते हैं? या लेखक का संदेश उससे अधिक गहराई रखता है?

किसी कृति के रचयिता की वास्तविक मनःस्थिति का केवल अनुमान ही लगाया जा सकता है। सटीकता से कुछ भी कहना संभव नहीं। प्रायः स्वयं रचयिता के लिए भी नहीं। शब्द सीमित होते हैं, विचार असीमित। भाषा व्याकरण के नियमों से उसी प्रकार बंधी होती है जिस प्रकार प्राकृतिक घटना प्रकृति के नियमों से। इसलिए यदि हम एक ही प्राकृतिक घटना, जिसका वैज्ञानिक कारण भी स्पष्ट है, को विभिन्न दृष्टिकोण से देखकर भिन्न-भिन्न निष्कर्ष निकाल सकते हैं, तो एक ही कहानी के विभिन्न अर्थ क्यों नहीं? लेकिन प्रश्न यह भी है कि उनमें से सही अर्थ क्या होगा। क्या वह जो पहली दृष्टि में उभरता है या वह जो वास्तव में व्यावहारिक है?

आज के समय जब हम पुस्तकों में समाए तथाकथित 'पुस्तकीय ज्ञान' की सार्थकता पर प्रश्न करते हैं, वहीं हम अपने निजी अनुभव को भी सहज स्वीकारने में संघर्षशील ही रहते हैं। जो हमारे हाथ लगते हैं, वे हैं - निराशा, हताशा, उलझनें और तनाव। ऐसी स्थिति में एक बार फिर वही तिरस्कृत पुस्तकें हमें अपनी ओर आकर्षित कर रही हैं, हम से एक अवसर और माँग रही हैं। वे अनुभव को नकार नहीं रहीं, अपितु यह आग्रह कर रही हैं कि उनमें भी किसी का अनुभव ही उद्धरित है। कालचक्र स्वरूप को बदल सकता है लेकिन आत्मा को नहीं। इसलिए वही घटनाएँ जो हम आज होती देखते हैं, वे भी किसी ने कभी अपने साथ होती देखीं और इन पुस्तकों में हमारे लिए सुरक्षित कर दीं - कहीं स्पष्ट लेखों में तो कहीं कहानियों के रूप में।

अतः आज पुस्तकों का महत्त्व घटता नहीं बल्कि बढ़ता है, एक नए स्वरूप में। आज हम पुस्तकों से एक स्पष्ट लिखित मार्ग की आशा न करें। और न ही यह मान कर चलें कि हमें सारे ही उत्तर क्रम से मिल ही जाएँगे। आवश्यकता यह है कि हम उनका अपने जीवन से पारस्परिक संबंध ढूँढ

निकालें और फिर अपने वर्तमान के अनुसार नवीण मार्गों और भवनों का निर्माण करें। सत्य एक होता है, हम में से हर एक उसे भिन्न रूप में देखता है। और सत्य का वही रूप ही हमारे लिए महत्त्व रखता है। अपने उसी सत्य को समझने में हमारी सहायक होंगी यह पुस्तकें।

इस ही विचार के साथ पुस्तकों के अपने भवन 'पुस्तकालय' को आप तक पहुँचाने का प्रयास कर रहा हूँ।

मानसिक उलझनों से ग्रस्त हमारी नायिका के लिए पुस्तकालय आना चुनौती की पूर्ति मात्र था। न तो उसे पढ़ने में कोई रुचि थी और न कुछ जानने में। फिर कैसे कुछ कहानियों ने उसे अपने संसार में यूँ समा लिया कि जब वह निकली तो उन उत्तरों के साथ जिनके प्रश्न उसने कभी पूछे भी नहीं थे?

अशान्त मन से आत्मान्वेषण तक की यात्रा का साक्षी है यह पुस्तकालय।

यह कहानी किसी विशेष कालखंड की नहीं है और न ही किसी व्यक्ति विशेष की है। इसलिए मुझे विश्वास है कि आपको भी कहीं न कहीं हमारी नायिका में अपनी या किसी परिचित की छवि दिखाई देगी। और जिस प्रकार इस पुस्तकालय ने उसे सहायता प्रदान की, उसी प्रकार आपके जीवन में भी महत्त्वपूर्ण योगदान देगा।

अनुक्रम

अध्याय
एक

"मैं कल से नहीं आऊँगी, आप मेरी सदस्यता रद्द कर सकते हैं।" रसिका ने पुस्तकालय अध्यक्ष की ओर पुस्तक बढ़ाते हुए कहा। अध्यक्ष महोदय का दाहिना हाथ लिखते-लिखते रुका और रसिका के हाथ की ओर बढ़ा। पुस्तक अपने हाथ में लेकर तिरछी दृष्टि से देखा और फिर उसे अन्य पुस्तकों के ढेर से कुछ दूरी पर रख दिया। बिना कुछ कहे वे अपने कार्य में व्यस्त हो गए। रसिका उनकी रुकी हुई गर्दन, झुकी हुई आँखों और चलती हुई उंगलियों को कुछ देर तक मौन खड़ी देखती रही।

"क्या आप मेरा नाम नहीं हटाएँगे?" रसिका ने टोकना ही ठीक समझा।

"क्यों? तुम्हारा नाम इतना बुरा तो नहीं लगता।" अध्यक्ष महोदय ने उसी मुद्रा में बैठे-बैठे कहा। उनकी झुकी हुई आँखें और उन पर चढ़ा ऐनक, रसिका के चेहरे पर उभर रहे क्रोध के भाव से अनभिज्ञ थे। हल्की मुस्कुराहट के साथ उन्होंने बोलना जारी रखा, "वैसे भी मैं कौन होता हूँ किसी का नाम बनाने या मिटाने वाला! वो तो...।"

"लगता है आपने ठीक से सुना नहीं।" रसिका ने उन्हें बीच में ही टोक

दिया। इस बार क्रोध केवल चेहरे पर नहीं, वाणी में भी था। "मैंने कहा कि मैं यहाँ फिर नहीं आना चाहती।" आँखों के रास्ते न सही पर कानों के माध्यम से ही, उसका क्रोध अध्यक्ष महोदय तक पहुँच ही गया। अब उनका मुद्रा परिवर्तन हो गया। उँगलियाँ रुक गईं, गर्दन मुड़ गई और आँखों ने ऐनक के ऊपर से झाँकते हुए रसिका की ओर देखा।

"मैंने तो ठीक से सुन लिया है पर लगता है तुम यह तय नहीं कर पा रही हो कि कहना क्या है।" पीठ को सीधी कर कुर्सी पर लगाते हुए अध्यक्ष महोदय ने कहा।

"जी?" रसिका कुछ समझी नहीं।

"अभी कुछ देर पहले तुमने कहा कि तुम कल से नहीं आओगी, पर अब कह रही हो कि आना नहीं चाहती, कुछ देर और रुके तो तुम कहोगी कि 'कल शायद न आऊँ...'।"

"अरे, क्या कह रहे हैं आप! 'नहीं आऊँगी' कहूँ या 'आना नहीं चाहती' कहूँ, बात तो एक ही है!" रसिका की उलझन भी खीज का रूप ले चुकी थी।

"एक बात नहीं...।" अध्यक्ष महोदय ने कुर्सी की ओर संकेत करते हुए बैठने के लिए कहा। रसिका कुछ हिचकिचाहट के साथ कुर्सी के किनारे बैठ गई। "...'नहीं आऊँगी' में दृढ विश्वास था, 'नहीं आना चाहती' में वो दृढ़ता नहीं दिखती। यदि विवश किया गया तो कल फिर आ सकती हो।" अध्यक्ष महोदय के चेहरे पर आत्मविश्वास था।

"देखिए, मेरे लिए दोनों बातें एक समान हैं। न तो मैं कल आना चाहती हूँ, न ही कल आऊँगी।" रसिका ने अपनी खीज को छुपाने का प्रयास किया।

"'कल' या 'कल से'? अंतर है दोनों में। शब्दों का चयन बहुत सोच कर करना चाहिए, कभी-कभी सच भी हो जाते हैं।" अध्यक्ष महोदय इतनी जल्दी मानने वालों में से नहीं थे। उनकी धीमी मुस्कुराहट अब रसिका की आँखों को चुभने लगी थी। दार्शनिक बातें तो उसे पहले ही पसंद नहीं थीं और कोई उसके क्रोधित चेहरे के आगे मुस्कुराता रहे और शब्दों के खेल खेलता रहे, यह उससे सहन नहीं हुआ।

"कल से...," वह हाथ पटकते हुए खड़ी हुई, जिससे कुर्सी पीछे की ओर जा गिरी। "...'कल से' - 'नहीं आऊँगी' - 'यहाँ पर' - 'मैं'...।" उसने चिल्लाते हुए बात पूरी की। उसने वाक्य के हर एक पद पर इस आशा से विशेष बल दिया कि अब और कोई प्रति प्रश्न नहीं झेलना पड़े।

"अरे तो इसमें इतना चिल्लाने वाली क्या बात है? यही बात विनम्रता से भी तो बोली जा सकती है, ऐसा करने से श्रोता पर अधिक प्रभाव पड़ता है।" अध्यक्ष महोदय ने यहाँ भी अवसर ढूँढ लिया। उनका स्वभाव और उनका स्वर - दोनों उनकी बातों से बिल्कुल मेल खा रहे थे। लेकिन उनकी मंशा उतनी ही विपरीत प्रतीत हो रही थी, मानो किसी को तंग करने की ठान रखी हो।

"महोदय...," रसिका ने आँखें भींचकर गहरी साँस ली और बनावटी शान्त स्वर में कहना शुरू किया, "...मैं कल से यहाँ नहीं आऊँगी, कृपया यह पुस्तक रख लें एवं मेरी सदस्यता रद्द कर दें। धन्यवाद।" कृत्रिम ही सही पर इससे अधिक विनम्रता की उससे अपेक्षा नहीं की जा सकती थी।

"ठीक है।" अध्यक्ष महोदय ने एक पर्चा निकाला एवं कुछ लिखकर रसिका की ओर बढ़ाया। "इस पर मैंने हस्ताक्षर कर दिए हैं। तुम अपना नाम आदि जानकारी एवं समीक्षा लिखकर रख देना।" रसिका ने पर्चा लेते हुए सर हिलाया। "तुम बैठ सकती हो।"

“जी नहीं, मैं ऐसे ही ठीक हूँ।” रसिका ने खड़े-खड़े ही लिखना ठीक समझा। उसे शान्ति तो इस बात की थी कि अब और कोई रोक-टोक या व्याकरण का ज्ञान नहीं दिया जाएगा और वह जल्दी ही वहाँ से जा सकेगी।

“तो ठीक है, मैं ही उठ जाता हूँ।” अध्यक्ष महोदय अपनी कुर्सी से उठकर खड़े हो गए और रसिका की ओर बढ़े। पीछे जाकर उन्होंने उस कुर्सी को उठाया जिसने रसिका के क्रोध के प्रत्यक्ष दर्शन किए थे। कुर्सी सीधी कर उन्होंने उसके पास वापस रख दी ताकि वह बैठ सके। रसिका अपने स्थान से बिल्कुल नहीं हिली और न ही उसने कोई प्रतिक्रिया दी। “और हाँ...,” अध्यक्ष महोदय वापस अपनी कुर्सी की ओर बढ़ते हुए बोले, “...जिस दिन यहाँ तुम्हारा अंतिम होगा, उस दिन की ही दिनांक लिखना।” यह सुनकर रसिका ने लिखना रोका, आँखों को उनकी चाल के साथ घुमाया और उनके रुकने पर गर्दन उठाई।

“क्या आपको अब भी लगता है कि आज मेरा यहाँ अंतिम दिन नहीं है?” वह अब तंग आ चुकी थी।

“मैंने ऐसा तो नहीं कहा, कल आओगी तो ही पता चलेगा।” अध्यक्ष महोदय ने बैठते हुए कहा।

“और मैं कल क्यों आऊँगी?” रसिका ने आश्चर्य से पूछा।

“हो सकता है तुम्हें अपने मित्रों से मिलने की इच्छा हो, अब कोई अधिक समय तक अपने मित्रों से दूर नहीं रह सकता न!”

“मेरा यहाँ कोई मित्र नहीं है, कोई सहेली नहीं है और यहाँ क्या बाहर भी नहीं है।”

“लगता है हमारी नायिका अपने मित्रों से रुष्ट है ...।” अध्यक्ष महोदय ने पास रखी पुस्तकों की ओर देखते हुए कहा, फिर रसिका की ओर वापस

देखते हुए आगे बोले, "...वैसे मैं पुस्तकों की बात कर रहा हूँ।"

"देखिए श्रीमान्, पहली बात तो ये कि मैं 'नायिका' नहीं, 'रसिका' हूँ, और पुस्तकों से मेरी कोई मित्रता नहीं, और न ही इनमें कोई रुचि है, अरे मुझे तो यहाँ कभी आना ही नहीं था, वो तो..., जाने दीजिए।" रसिका ने अपनी बात पूरी नहीं की।

"जाने मत दो, जो बोलना चाहती हो बोल दो, ये पुस्तकें बुरा नहीं मानेंगी।"

"मैं इस बारे में बात ही नहीं करना चाहती।"

"यदि बात नहीं करना चाहतीं तो यह विषय आरंभ ही नहीं करतीं, अब कर ही दिया है तो पूरा भी कर लो, मुझे अपने मित्र जैसा समझो।"

"मित्र?" रसिका ने चिढ़कर कहा।

"अरे हाँ, मित्रों से तो तुम्हारी ठनी हुई है, ऐसा करो अपने पिता समान ही मान लो, और जो कहना चाहती हो कह दो।" अध्यक्ष महोदय जाने बिना छोड़ने नहीं वाले थे।

"पिताजी का तो नाम ही मत लीजिए, उनके कारण ही तो यहाँ आना पड़ा।" रसिका कुछ खुलने लगी।

"वो कैसे?"

"वो ऐसे कि मेरे पिताजी को लगता है कि मैं तनाव में हूँ और उसे दूर करने के लिए मुझे पुस्तकों का सहारा लेना चाहिए, जो मुझे तो बिल्कुल भी सही नहीं लगा। पुस्तकों से किसका तनाव दूर होता है भला! उल्टा मेरा तो बढ़ा ही है बचपन से!" रसिका ने एक गहरी साँस ली।

"और फिर भी तुम यहाँ आई? बहुत आज्ञाकारी हो!"

"आना तो पड़ता ही न, उन्होंने मेरे सामने शर्त जो रख दी थी।"

"कैसी शर्त?"

"यही कि यदि मैं दस दिन यहाँ आकर दिखाऊँ तो ग्यारहवें दिन से वे नहीं बोलेंगे बल्कि मैं स्वयं ही चली आऊँगी। मैंने भी कह दिया कि यदि दस दिन आने पर भी मुझे अच्छा नहीं लगा तो फिर वो इस बारे में बात नहीं करेंगे।" रसिका ने पूरी बात स्पष्ट की।

"लेकिन अभी तो आठ ही दिन हुए हैं यदि आज ही छोड़ दिया तो शर्त पूरी नहीं होगी - वैसे ही हार जाओगी।"

"हारूँ या जीतूँ, अब मुझे और समय नष्ट नहीं करना है। और जब आगे कभी आना ही नहीं तो कल भी क्यों आना!"

"तुम्हें पूरा विश्वास है कि अगले दो दिन भी तुम्हारा मन नहीं मानेगा?" अध्यक्ष महोदय ने चर्चा को जीवित रखा।

"जब आठ दिन में कोई प्रगति नहीं हुई, तो और दो दिन में क्या ही हो जाएगा!"

"जब प्रयास ही पूरा नहीं करोगी, तो परिणाम तक कैसे पहुँचोगी!"

"मैं चाहती ही नहीं।"

"चाहती नहीं या कर नहीं सकतीं?"

"क्या बात कर रहे हैं आप? यदि कर न सकती होती, तो आठ दिन भी नहीं आती, पर अब मैं चाहती नहीं, और रही बात शर्त की तो मैं केवल अपनी शर्तों पर जीती हूँ, ये तो मैं दिखाना चाहती थी कि उनकी बातों में कोई दम नहीं है, इसलिए आती रही, वरना कोई मुझे विवश नहीं कर सकता किसी काम के लिए।" रसिका ने अभिमान दिखाया।

"हाँ, तुम युवा लोग ऐसी ही बातें करते हो जब कोई काम कर नहीं सकते - 'हम करना ही नहीं चाहते', 'हम तो केवल अपनी सुनते हैं' - अरे सीधा-सीधा मान लो कि नहीं कर सकते हो। ये आवश्यक तो नहीं कि हर कार्य को करने में समर्थ ही हों!" अध्यक्ष महोदय के शब्द कठोर प्रतीत होते थे लेकिन स्वभाव पहले जैसा नर्म ही था।

"ऐसा आप सोचते हैं। वरना ऐसा कोई काम नहीं जो आप कर सकते हैं, और हम युवा नहीं कर सकते।" रसिका ने अब बात को मान का मुद्दा बना लिया। उसके इसी अति आत्मविश्वास में अध्यक्ष महोदय ने अपनी जीत देख ली थी।

"अच्छा, ऐसा है तो मेरा एक काम करके दिखाओ फिर मैं मानूँ।" जाल फेंका गया।

"ओह, तो अब आप भी मुझे और दस दिन यहाँ आने के लिए कहेंगे।" रसिका बच निकलने के लिए तैयार थी।

"अरे, नहीं नहीं। इतना कठिन कार्य मैं नहीं दे सकता। मेरा कार्य तो बहुत सरल है। पर तुम कर पाओगी या नहीं..., चलो जाने दो।" जाल में चारा डाला गया।

"अरे! ऐसे कैसे जाने दें? बता कर तो देखिए, न कर सकूँ तो कहना।" रसिका ने जाल में कूदना समझदारी मानी।

"चलो ठीक है। इतना भरोसा है तो ये भी सही। ये पुस्तकें देख रही हो, इन फैली हुई पुस्तकों को सही क्रम से लगाकर दिखाओ, विषयानुसार।" अध्यक्ष महोदय ने पुस्तकों के ढेर की ओर संकेत करते हुए कहा। रसिका ने उनकी ओर देखा। "मैं कहता हूँ कि तुम छः बजे से पहले यह नहीं कर सकतीं। छः बजे भी यह पुस्तकें, ढेर में पड़े अपने अस्तित्व को ढूँढती दिखाई देंगी।"

"अभी देख लीजिएगा।" रसिका ने पुस्तकों की ओर हाथ बढ़ाते हुए कहा। वह पूरे उत्साह के साथ उन्हें विषयानुसार बाँट कर क्रम में लगाने लगी। अध्यक्ष महोदय मुस्कुराते हुए, कभी उसकी ओर तो कभी घड़ी की ओर देखते रहे।

"ये लीजिए, हो गया।" रसिका को अपनी जीत पर गर्व था। "अब क्या कहेंगे आप?" उसकी बातों में आत्मविश्वास था और आँखों में चमक। अपनी जीत की औपचारिक घोषणा की प्रतीक्षा में वह अध्यक्ष महोदय की ओर देख रही थी।

"धन्यवाद कहूँगा।" उन्होंने मुस्कुराते हुए कहा।

"जी...?" रसिका को इसकी आशा नहीं थी। "... मैं समझी नहीं। आपको कहना चाहिए कि 'हाँ, तुम सही थी' या ऐसा कुछ।" वह अपनी निराशा छुपा नहीं सकी।

"मुझे तो केवल अपना यह काम करवाना था, जो तुमने कर दिया। उसके लिए धन्यवाद। बहुत दिनों से मुझे समय ही नहीं मिल रहा था। तुम न होती तो... ।"

"क्या...!" रसिका की उलझन अब क्रोध का रूप लेने लगी। उसे विश्वास नहीं हुआ कि उसके साथ छल किया गया है।

"हाँ, और क्या? अब सीधा बोलता तो तुम मना कर सकती थी न।" अध्यक्ष महोदय ने निर्दोष भाव से कहा। उन्हें अपने कृत्य पर लेष मात्र भी पछतावा नहीं था। शिकारी भला क्यों यह सोचेगा कि उसने चारा दिखाकर शिकार के साथ छल किया है!

"अच्छा, ऐसी बात है, तो ये लीजिए...।" रसिका ने वापस सारी पुस्तकें गिरा कर फैला दीं। वह ठगा-सा अनुभव कर रही थी।

"देखा, मैंने तो पहले ही कहा था छः बजने वाले हैं। और यह पुस्तकें ढेर में ही पड़ी हैं। एक छोटा-सा काम तुम से नहीं हुआ। निराशाजनक।" अध्यक्ष महोदय ने सर हिलाते हुए कहा। यह सुनकर रसिका फिर उलझन में पड़ गई। उसकी आँखें और मुँह खुले से रह गए।

"अरे! कभी आप ये कहते हैं, कभी वो कहते हैं। चाहते क्या हैं आप?" उसका स्वर अब ऊँचा था।

"आवश्यक यह नहीं कि मैं क्या चाहता हूँ, बल्कि तुम क्या चाहती हो यह महत्त्वपूर्ण है।" अध्यक्ष महोदय ने स्वर सामान्य रखा।

"जी?" रसिका को कुछ समझ नहीं आया।

"क्या किसी के चुनौती देने मात्र से तुम कुछ भी कर बैठोगी? या किसी के कटाक्ष भर से अपने ही किए हुए कार्य को नष्ट कर दोगी? अपने श्रम का कोई महत्त्व नहीं है?" अध्यक्ष महोदय शान्ति से समझाने लगे, और वह आश्चर्य से उन्हें सुनती रही। "कुछ देर पहले तुमने कहा था कि तुम केवल अपनी इच्छा से कार्य करती हो लेकिन एक चुनौती मात्र से मैंने तुमसे अपना काम भी करवा लिया। तुम्हारा यहाँ पुस्तकालय में आना भी एक चुनौती का ही परिणाम था। और जब तुम उस कार्य को पूरी तरह से, सही ढंग से नहीं कर सकीं, तो तुमने अपनी इच्छा की आड़ ली। तुम यह स्वीकार ही नहीं कर पा रही हो कि तुमने सही से प्रयास नहीं किया।" अध्यक्ष महोदय यह कहते हुए दरवाज़े की ओर बढ़ गए। रसिका सोच में पड़ गई, फिर उनकी ओर पलटी।

"आप ऐसा कैसे कह सकते हैं कि मैंने सही से प्रयास नहीं किया था?" उसने समझना चाहा। अध्यक्ष महोदय दरवाज़े के लगभग आधा बाहर जा चुके थे। उन्होंने वहीं से सर को आधा घुमा कर उसकी ओर देखा।

"देखो अभी समय हो गया है मेरे जाने का...।" उन्होंने घड़ी की ओर देखते हुए कहा। "कल तो तुम आओगी ही, देखते हैं तुम्हारे प्रश्नों के उत्तर

मिल सकें तो...।"

रसिका ने पीछे घड़ी की ओर देखा और वापस दरवाज़े की ओर मुड़कर कुछ कहना चाहा, पर इतने में अध्यक्ष महोदय जा चुके थे। सब कुछ इतना जल्दी हुआ कि वह कुछ समझ ही नहीं पाई। वह कुछ देर वहीं खड़ी रही, और फिर उसकी दृष्टि अपने उस पर्चे पर पड़ी। वह उसे लगभग भर चुकी थी लेकिन दिनांक का स्थान अभी भी रिक्त ही था और वह चाहकर भी उसे भर न सकी।

* * *

अध्यक्ष महोदय की अपेक्षा अनुसार रसिका नवें दिन भी पुस्तकालय आ ही गई। आना तो था ही। जाल में फँसा पक्षी और रस्सी से बंधा ऊँट कितनी ही दूर जा सकते थे। रसिका ने आते ही उनसे मिलना चाहा। वह सीधा उनके कक्ष की ओर गई। दरवाज़ा खुला ही था पर भीतर कोई था नहीं। उसने कुछ देर प्रतीक्षा करना उचित समझा। वह कुर्सी पर बैठ गई और दरवाज़े की ओर देखने लगी। कुछ देर तक कोई हलचल नहीं थी। वह घड़ी की ओर मुड़ी, फिर दरवाज़े की ओर। यही प्रक्रिया बार-बार दोहराने लगी। हालांकि अध्यक्ष महोदय के प्रकट होने के लिए यह पर्याप्त नहीं था। कुछ ही देर में उसका संयम खोने लगा। संयम खोने मात्र से उसकी इच्छा तो पूर्ण नहीं हुई, पर अब उसका एक स्थान पर बैठे रहना भी कठिन हो रहा था।

"मैं तो कुछ ही देर के लिए आई थी बस, पर इनकी प्रतीक्षा में पूरा दिन न लग जाए।" वह सोचकर उठी और वहीं टहलने लगी। अभी भी सारा ध्यान या तो घड़ी पर था या दरवाज़े पर। आसपास की किसी वस्तु को उसकी दृष्टि प्राप्त न हो सकी। समय व्यतीत करने के लिए उसने एक चक्कर बाहर 'पठन कक्ष' का लगाने का निर्णय लिया।

पठन कक्ष में तीन पंक्तियाँ पुस्तकों से भरी अलमारियों की थीं, जिनके बीच में बैठने के लिए स्थान था। जहाँ ये सीधी पंक्तियाँ समाप्त हो रही थीं, वहीं उनके बीच के रिक्त स्थानों को भरती कुछ और अलमारियाँ थीं। इस से उनके पीछे एक छोटा कक्ष-सा बन गया था जहाँ कोई अकेला बैठकर भी पढ़ सके। वह प्रायः वहीं बैठा करती थी। कुछ लोग उन अलमारियों के बीच के स्थानों में बैठे पढ़ रहे थे। रसिका को न तो उन लोगों को जानने में कोई रुचि थी, न ही उन अलमारियों में और न ही उनकी शोभा बढ़ाती पुस्तकों में। वह एक चक्कर लगाकर भीतर लौट आई। फिर चिढ़कर कुर्सी पर बैठकर पिछले दिन की बातों को सोचने लगी।

"क्या मैंने सही प्रयास नहीं किया? क्या मैं लगातार यहाँ नहीं आती रही? क्या मैंने इतनी सारी पुस्तकें नहीं पढ़ीं? उनको ऐसा विश्वास क्यों था कि मैं फिर आऊँगी। क्या मुझ में दृढ़ता की कमी है?" प्रश्न बहुत थे पर उत्तर देने वाला...? उसने उस पुस्तकों के ढेर की ओर देखा। वह अब भी वैसा ही था जैसा कि वो कल छोड़कर गई थी।

'तुम इन पुस्तकों को सही क्रम में विषयानुसार लगाकर दिखाओ...।' उसे उनकी बात जैसे फिर से सुनाई दी। उसने आगे बढ़कर फिर से उन्हें सही क्रम में लगाया।

"ये देखो, कर तो लिए मैंने, क्या बड़ी बात है!" उसने स्वयं से कहा। "ऐसा नहीं है कि मैंने प्रयास नहीं किया, पर जहाँ परिणाम ही न निकलना हो, वहाँ समय नष्ट करना कौन-सी समझदारी है? आने दो उनको, देखती हूँ क्या उत्तर है उनके पास। आठ दिन और दस दिन में क्या अंतर है। मैंने तो बल्कि दो दिनों की बचत की...।"

वह स्वयं की प्रशंसा कर ही रही थी कि दरवाज़े पर खटखटाहट हुई। उसने पलटकर देखा।

"आ गए लगता है।" उसने उठकर दरवाज़ा खोला। पर आज मानों निराशा का ही दिन था। वहाँ अध्यक्ष महोदय नहीं, बल्कि एक कम परिचित सा चेहरा दिखा।

"आप चाय, समोसा, कचौड़ी कुछ लेंगी?" चायवाला एक हाथ में चाय की केतली, दूसरे हाथ में कुछ प्यालियाँ और कंधों पर थैले लिए खड़ा था। उसने अपना प्रश्न दोहराया। रसिका को भूख तो थी पर इस समय उसके प्रश्नों के उत्तर ही उसे शान्त कर सकते थे।

"नहीं, कुछ नहीं चाहिए।" उसने थोड़ा ऊँचे स्वर में बोला। चायवाला मुड़कर जाने लगा।

"रुको...।" रसिका ने उसे जाने से रोका।

"जी हाँ, बताइए, चाय, समोसा, ...।" वह अपना प्रश्न दोहराने लगा पर रसिका ने उसे रोक दिया।

"अरे कुछ नहीं चाहिए, चाय, समोसे के आगे भी कुछ सोचो कभी। छोड़ो, ये बताओ, जानते हो की ये अध्यक्ष महोदय, कब तक आते हैं?"

"जी, वो तो सुबह ही आ जाते हैं - कभी देर नहीं करते। नियम और समय के पक्के हैं।"

"लेकिन आज देर हो गई न?"

"जी नहीं, आज देर नहीं हुई है, आज तो उनको आना ही नहीं है।" यह सुनकर रसिका स्तब्ध रह गई।

"ऐसा तुम कैसे कह सकते हो, क्या पता देर ही हो गई हो?" उसने संभावना प्रकट की।

"जी, वो मुझे बोल कर गए थे कल।"

"क्या बोलकर गए थे?"

"जी वो कल बोलकर गए थे कि कल वो नहीं आएँगे।"

"कल?" उसका आश्चर्य धीरे-धीरे क्रोध कि ओर बढ़ रहा था।

"जी। कल। यानी कल का कल यानी आज, और ये बात उन्होंने कल कही थी..., हाँ।" चायवाले का भोलापन भरा उत्तर रसिका के गले नहीं उतरा।

"ये क्या कल-आज-आज-कल लगा रखा है? सीधा-सीधा बोलो क्या कहा था।"

"जी, 'मैं कल नहीं आऊँगा, लेकिन एक युवती आएगी, उनको चाय-समोसा पूछ लेना'...।" डरे हुए चायवाले ने एक साँस में सब कह डाला और फिर गहरी साँस ली। उसके लिए यही चैन की बात थी कि युवती ने उसका गला नहीं पकड़ लिया। रसिका सोच में पड़ गई।

"मुझे समझ नहीं आ रहा कि इन्हें कैसे इतना भरोसा था कि मैं आ ही जाऊँगी। और जब स्वयं ही नहीं आना था तो मेरे आने पर इतना...।"

"जी, मैं चलूँ?" चायवाले ने उसके विचारों की कड़ी को तोड़ दिया।

"हाँ।" वह मुड़कर जाने लगा।

"रुको।" रसिका ने फिर उसे रोका।

"जी, बोलिए आप कुछ लेंगी? चाय, समोसा...?" वह वापस मुड़ा और डरते-डरते बोला।

"अरे यार, कभी चाय-समोसे से आगे भी तो बढ़ो...।"

"कचौड़ी भी है। ही ही ही।"

"ऐसा है, जितना पूछा जाए उतना बोलो...।" रसिका का एक-एक

शब्द किसी चेतावनी से कम नहीं था। एक तो वह पहले ही भूखी थी, ऊपर से क्रोध में मना कर दिया। अब चाहकर भी हाँ नहीं कर सकती क्योंकि अहंकार बीच में आ रहा था। ऐसी स्थिति में एक ही प्रश्न दोहराए जाने से उसकी जठराग्नि क्रोध के रास्ते बाहर आ रही थी। उस पर घी का काम अध्यक्ष महोदय द्वारा किए गए एक और 'छल' ने कर दिया था।

"जी?"

"ये बताओ कि उन्होंने ये बताया था कि कब आएँगे।"

"जी।" यह कहकर वह चुप हो गया। फिर उसकी आँखों में चेतावनी देखकर समझा कि 'कब आएँगे' यह भी बताना है। "जी, जी, बताया था। परसो आएँगे, परसो यानी कल। यानी बोला कल था कि परसो आएँगे यानी कल। कल ही तो हुआ न। कल का परसों यानी आज का कल, हाँ।"

"अरे तुम जाओ यहाँ से, आज-कल-परसों-कल क्या नाटक है?" चायवाले का भाग्य ही था कि चाय की केतली उसके हाथ में ही थी रसिका के हाथ में नहीं, अन्यथा उसको अपने लिए ही हल्दी वाले दूध की आवश्यकता पड़ जाती। वह जल्दी से भाग निकला ताकि फिर पुकारने पर भी न सुन सके।

यहाँ रसिका अपना सर पकड़े बैठ गई। उसे कुछ समझ नहीं आ रहा था। जो प्रश्न लेकर आई थी उनके तो उत्तर मिले नहीं, नए प्रश्न और जुड़ गए।

"जब इन्हें आज आना ही नहीं था, तो मुझे बुलाया क्यों?" उसे लगा कि दो दिन में उसे दो बार ठग लिया गया है। और वह भी एक ही व्यक्ति द्वारा। "अब मैं कल आऊँ या नहीं? क्यों आऊँ वैसे! मुझे क्या, नहीं आती।" यह सोचकर वह वापस पर्चे पर दिनांक लिखने लगी। "लेकिन उन्हें पता कैसे चला कि...।" वह फिर सोच में पड़ गई। कुछ देर इसी उधेड़ बुन में उलझे रहने के बाद वह घर चली गई।

* * *

"आप समझते क्या हैं अपने आप को? और मुझे क्या समझते हैं?" रसिका ने अगली सुबह आते ही धावा बोल दिया। अध्यक्ष महोदय को इस बात से कोई आश्चर्य नहीं हुआ।

"अरे तुम, आओ बैठो, क्या हुआ? आराम से बताओ।" उन्होंने भोला-सा चेहरा बनाकर कहा।

"जैसे आपको तो कुछ पता ही नहीं।" वह खड़ी रही।

"मुझे क्या पता होना चाहिए?" उन्होंने अपने चेहरे और स्वर में कोई परिवर्तन नहीं किया। रसिका को यह नहीं समझ आ रहा था कि वह कहाँ से आरंभ करे।

"आपको जब कल नहीं आना था, तो आपने मुझे क्यों बुलाया?" उसने प्रश्न किया।

"मैंने कब बुलाया?"

"अच्छा। आपने नहीं कहा था - 'कल आओगी तो तुम्हारे प्रश्नों के उत्तर मिलेंगे'।"

"मुझे विश्वास है मैंने यह तो नहीं कहा होगा कि मिल ही जाएँगे, 'मिल सकते हैं' बोला होगा।"

"एक ही बात है।"

"नहीं एक बात नहीं है, हर एक शब्द का महत्त्व होता है...।"

"हाँ, चलिए ठीक है,...।" रसिका ने बीच में टोका, "'मिल सकते हैं' बोला होगा..., बोला था, लेकिन फिर भी, आपको आना भी तो चाहिए

था। कल आधा दिन प्रतीक्षा करने के बाद पता चलता है कि आप तो छुट्टी पर हैं, और वो भी आप उस चायवाले से बोलकर गए थे, मुझे ही बता देते तो नहीं आती, और ऐसा तो नहीं था कि मेरे आने पर आपको संदेह था। और मुझे तो ये नहीं समझ आ रहा कि आपको कैसे इतना विश्वास था कि मैं आ ही जाऊँगी और जब था भी तो मुझे उस दिन बुलाते जब आपको आना था। ऐसे प्रतीक्षा करवाना उचित है क्या? मेरे समय का कोई मूल्य नहीं?" रसिका एक साँस में सब बोलती ही चली गई, और फिर चुप होकर अध्यक्ष महोदय की ओर देखने लगी। वे शान्ति से उसे सुन रहे थे, और हल्की सी मुस्कुराहट के साथ कुर्सी की ओर संकेत किया। रसिका भी थक चुकी थी इसलिए अब निर्विरोध बैठ गई।

"देखो बच्चे मैंने यह तो नहीं कहा था कि मैं ही तुम्हारे किसी प्रश्न का उत्तर दे सकता हूँ, उत्तर प्राप्त करने के और भी स्रोत हैं। हाँ, यदि तुम्हें लगता है कि मैं कोई सहायता कर सकता हूँ, तो तुम पूछ सकती हो। क्रोध में समय नष्ट करके तुम स्वयं अपने समय का मूल्य गिरा रही हो।"

"प्रश्न तो अब इतने इकट्ठे हो गए हैं कि समझ नहीं आ रहा कहाँ से शुरू करूँ।" रसिका का स्वर अब पहले से कुछ शान्त था।

"यानी तुमने एक दिन में इतना भी नहीं सोचा कि तुम पूछना क्या चाहती हो? उत्तर भी नहीं ढूँढा, प्रश्न भी नहीं समझा, समय का मूल्य...।"

"हाँ, हाँ ठीक है...," रसिका ने फिर रोका, "... एक ही बात को लेकर बार-बार ताने मत मारिए। वो तो आपने उलझा इतना दिया है कि मुझे समझ नहीं आ रहा कि पहले क्या पूछना चाहिए।"

"वाह! इसमें भी दूसरे का दोष ढूँढ लिया।" अध्यक्ष महोदय ने आरोप स्वीकार नहीं किया।

"जाने दीजिए...," रसिका उठ खड़ी हुई, "...मुझे कुछ नहीं पूछना।

मुझे आना ही नहीं चाहिए था। मुझे तो आना था ही नहीं। आपने मेरे दो दिन और नष्ट कर दिए।"

"मैंने? वो भी दो दिन। कैसे? कृपया थोड़ा प्रकाश डालो।" अध्यक्ष महोदय ने निरपराध भाव से पूछा।

"क्यों, आप ही तो कल मुझे बुला रहे थे।"

"मैंने नहीं बुलाया।"

"बुलाया नहीं, पर आने के लिए विवश तो किया न? इतनी बातों में उलझाकर, और ऊपर से आए भी नहीं। नहीं आना था तो...।" वह बात पूरी किए बिना चुप हो गई। एक ही बात दोहराने से कोई लाभ होना भी नहीं था। अध्यक्ष महोदय के आग्रह पर वह फिर बैठ गई।

"ठीक है, यदि तुम्हें ऐसा लगता है कि मेरे कारण आई थीं तो तुम्हें तो मेरा आभार मानना चाहिए कि मेरे कारण शर्त के दस दिन पूरे कर लिए - कल और आज मिलाकर। वरना तुमने तो हारकर भागने का मन बना लिया था।" अध्यक्ष महोदय ने वार्तालाप को नई दिशा दी।

"हारकर नहीं भाग रही थी मैं, मुझे तो बस यह दिखाना था कि यहाँ आकर, पुस्तकें पढ़कर किसी का कोई भला नहीं होता। फिर आठ दिन हों, नौ दिन हों या दस दिन, हमें एक-एक दिन का मूल्य देखना चाहिए।"

"ठीक कहा, नौ दिन हों या दस दिन जब प्रयास ही न करना हो तो...!"

"प्रयास, हाँ प्रयास...।" रसिका ने फिर बीच में रोका, उसे अब अपने प्रश्नों का पहला छोर मिल गया था, जिसे पकड़कर वह आगे बढ़ सकती थी, "... यही तो मैं जानना चाहती थी, आप कैसे मेरे प्रयास पर प्रश्न उठा सकते हैं? आपको क्यों ऐसा लगता है कि मैंने प्रयास ही नहीं किया। क्या आपने नहीं देखा कि मैंने इतने दिन में कितनी सारी पुस्तकें पढ़ लीं?"

"पुस्तक खोलकर बैठने में और पढ़कर ग्रहण करने में अंतर होता है।" अध्यक्ष महोदय ने अब सीधी बात की।

"और आप को लगता है कि मैं केवल पुस्तक खोलकर बैठी थी?"

"निस्संदेह।"

"अच्छा। तो महोदय यह बताने का भी कष्ट करें कि आपको ऐसा क्यों लगता है।" रसिका ने तंज़ करने का असफल प्रयास किया। अध्यक्ष महोदय ने उसके द्वारा दो दिन पहले लौटाई पुस्तक को वापस उसकी ओर बढ़ाया।

"यह पुस्तक उठाओ और इसका दूसरा अध्याय खोलो।" रसिका ने झिझकते हुए उनकी बात मानी।

"यह एक छोटी सी कहानी है, इसे ध्यान से पढ़ना।" अध्यक्ष महोदय ने फिर एक काम दे दिया जिसे वह नहीं करना चाहती थी। उसने जल्दी-जल्दी पढ़कर काम 'निपटाने' का प्रयास किया। "ध्यान से, आराम से।" अब उसने और ध्यान देने का प्रयास किया। उसके माथे पर से क्रोध की रेखायें भाग खड़ी हुईं और उनका स्थान आश्चर्य और उलझन की रेखाओं ने ले लिया। "कुछ जाना-पहचाना सा लगता है?" उसके इस भाव परिवर्तन को देख अध्यक्ष महोदय ने पूछा।

"हाँ... लेकिन...," रसिका ने उनकी ओर आश्चर्य से देखते हुए कहा, "...ये तो परसों वाली बात जैसा लग रहा है। यानी इसमें भी इस सचिन से शर्त के नाम पर अपना काम करवा लिया इस चोर ने, बिल्कुल वैसे ही जैसे आपने मुझ से ये पुस्तकें रखवा दी थीं...।"

"बिल्कुल सही। अब तुमने सही मायनों में पढ़ा और समझा। यही काम पहले किया होता तो तुम परसों मेरी बातों में फँसकर निर्णय नहीं लेती बल्कि अपने विवेक का प्रयोग करतीं।" अध्यक्ष महोदय ने उसे समझाया।

"बड़ी ही विचित्र बात है...।" रसिका ने कुछ सोचते हुए कहा, "... लेकिन संयोग लगता है, ये तो संयोग ही हुआ न कि मैंने आपको वही पुस्तक पढ़कर लौटाई जिसे आपने भी पढ़ा था और आपने एक ऐसी कहानी उठाकर उसी घटना को दोहराने का प्रयास किया जिसमें आप संयोगवश सफल हो गए। अन्यथा ऐसे तो अनगिनत पुस्तकों में अनगिनत कहानियाँ हो सकती हैं, अब ये आवश्यक तो नहीं उस हर एक घटना को दोहराना संभव हो। यदि मैंने ऐसी कोई पुस्तक उठाई होती, तो आप क्या ही कर पाते।" उसने बचाव में तर्क रखा।

"हो सकता है। लेकिन अनुभव यह दर्शाता है कि इतिहास स्वयं को दोहराता है। जो घटनाएँ पहले हो चुकी हैं, वे फिर किसी न किसी रूप में हो जाती हैं। प्रायः लेखक अपने जीवन की ऐसी कुछ घटनाओं को किसी न किसी रूप में किसी पुस्तक में प्रस्तुत कर देते हैं और उसके जैसी घटना फिर हमारे जीवन में होती है तो हमें आश्चर्य होता है...।"

"यानी, आपका कहना है कि आप किसी न किसी तरह से मुझे फँसा ही लेते?" रसिका अब कुछ-कुछ समझने लगी थी।

"ये तो तुम्हारा कहना है।" अध्यक्ष महोदय ने उत्तर दिया।

"तो फिर आपका क्या कहना है?" रसिका ने स्पष्ट जानना चाहा।

"मेरा तो केवल ये कहना है कि हमारे बहुत से प्रश्नों, दुविधाओं, समस्याओं के उत्तर कहीं न कहीं, किसी न किसी के अनुभव से, किसी पुस्तक में मिल सकते हैं। यदि हम थोड़ा ध्यान दें तो शब्दों के बीच में पढ़कर हम अपने लिए कुछ सार्थक मार्ग ढूँढ सकते हैं। ऐसा मेरा मानना है। यही तुम्हारे पिताजी की भी मान्यता रही होगी, इसलिए उन्होंने तुम्हें भेजा होगा।" अध्यक्ष महोदय ने रहस्य खोला। रसिका भी कुछ सोचने लगी।

"नहीं। मुझे तो अभी भी भरोसा नहीं हो रहा, केवल एक कहानी का

मेल खाना संयोग ही हो सकता है। और इसमें भी, आप देखें तो, सबकुछ तो वैसा नहीं हुआ। शर्त अलग है। एक छोटा लड़का है, और मैं तो छोटी भी नहीं हूँ और लड़का भी नहीं। तो ये तो बस कहीं का कहीं जोड़ना हुआ।" रसिका अब भी नहीं मानी।

"हाँ, अंतर तो है। वैसे तुमने चोर की बात नहीं की, आशा मुझे चोर नहीं मानती हो।" अध्यक्ष महोदय ने व्यंग्य द्वारा वातावरण का तनाव कम करने का प्रयास किया।

"अरे, नहीं नहीं। बल्कि इससे तो मेरी बात और सही हुई।" रसिका ने अपने बचाव में उत्तर दिया।

"जैसा कि मैंने कहा, यह आवश्यक नहीं कि घटना को उसी रूप में दर्शाया जाए, उन्हीं पात्रों को लिया जाए या उसी रूप में वे हमारे साथ हों। स्वरूप बदल सकता है, लेकिन शरीर बदल जाने से आत्मा तो नहीं बदलती...।" रसिका ध्यान से सुनने लगी। "... और यहाँ प्रश्न कहानी की वास्तविकता का नहीं - प्रासंगिकता का है। यदि तुम अपने जीवन से, संबंधों से, विचारों से, समस्याओं से उन्हें मिला सको तो कुछ सीखने को मिल सकता है।"

"अच्छा, यानी इतनी गहराई से एक-एक पुस्तक पढ़ूँ और जीवन से जोड़ दूँ! इसमें तो बहुत समय नहीं लग जाएगा? आपकी बात सही हो सकती है, पर मुझे व्यावहारिक नहीं लगती।" रसिका मानने लगी थी पर यह स्वीकारना नहीं चाहती थी।

"क्या अपने ही लिए प्रतिदिन थोड़ा-सा समय भी नहीं निकाला जा सकता है?" अध्यक्ष महोदय ने चिंता व्यक्त की। रसिका कुछ सोचने लगी।

"आपकी बात मुझे सुनने में तो अच्छी लग रही। तर्क भी लग रहा है। सही ही कह रहे होंगे।" उसने स्वीकार कर लिया।

"नहीं, यह आवश्यक नहीं कि हर बात जो सुनने में अच्छी लगती हो या तर्कपूर्ण लगती हो, वह सही भी हो। शब्दों और संख्याओं के साथ खेला जा सकता है।" अध्यक्ष महोदय नहीं चाहते थे कि उनकी बातों को केवल औपचारिकता के लिए मान्यता दी जाए। मान लेना एक बात है पर अपनाया न जा सके तो व्यव्हारिकता कैसे सिद्ध होगी!

"आप तो फिर मुझे उलझा रहे हैं, अब मैं क्या करूँ? क्या मानूँ, क्या नहीं मानूँ?" रसिका ने सर पकड़ लिया। उसे लगा कि पूरी गिनती गिनकर वह पुनः शून्य पर आ गिरी है।

"क्या मानना है और क्या करना है, इसका निर्णय तो तुम्हें ही लेना होगा। उदाहरण के लिए, इस पुस्तक में और भी कहानियाँ हैं, तुम उन्हें पढ़ सकती हो। कुछ और पुस्तकों की सहायता भी ली जा सकती है। फिर जैसा तुम्हें सही लगे।" अध्यक्ष महोदय ने एक रास्ता दिखाया। रसिका अनिच्छा से पुस्तक के पन्ने पलटने लगी। उसके चेहरे को देखकर उन्होंने उसकी मनोदशा भाँप ली। "वैसे तो तुम अपनी शर्त जीत चुकी हो। इसलिए यहाँ आने के लिए बाध्य भी नहीं हो। चाहो तो अपने प्रश्नों को दबाकर और नई सीख को भूलकर लौट सकती हो, पर मेरी राय यही रहेगी कि अपने लिए थोड़ा समय निकाला जाए और एक प्रयास करके देखा जाए। हाँ, यदि इसके लिए और एक शर्त लगाना चाहती हो तो...।" अध्यक्ष महोदय ने एक मनोवैज्ञानिक दबाव सा बनाया। जैसा वे हर बार करते ही थे। रसिका ने धीरे-धीरे सर को हाँ की मुद्रा में हिलाया।

"हाँ, एक प्रयास तो कर ही सकते हैं। शर्त की कोई आवश्यकता नहीं है।" उसने धीरे से कहा और उस पुस्तक को लेकर कक्ष से बाहर चली गई। अध्यक्ष महोदय उसको धीमी मुस्कुराहट के साथ देखते रहे व उसको अपनी नई यात्रा के लिए मन ही मन आशीर्वाद दिया।

अध्याय
दो

"अरे यार इतनी घटिया मिठाई दी है तुमने! वापस लो इसे।" अरुण ने मिठाई का थैला दुकान पर बैठे लड़के की ओर बढ़ाते हुए कहा।

"ऐसे वापस नहीं होता है, आपने देखकर लिया था।" लड़के ने सीधा मना कर दिया और अन्य ग्राहकों को देखने लगा।

"अरे ऐसे कैसे नहीं, ग्राहकों को लूटते हो तुम।" उसकी बात को लड़के के कानों ने वैसे ही अनसुना कर दिया जैसे उसकी आँखें मिठाई का निरीक्षण करती मक्खियों को अनदेखा कर रहीं थीं। आँखों और कानों का यह भाईचारा अरुण को पसंद नहीं आया। "सुनो सुनो दोस्तों यहाँ से मिठाई मत लेना, बहुत ही घटिया मिठाई देता है।" उसने शोर मचाकर ध्यान खींचना चाहा। कुछ ग्राहक ठहर गए। कुछ नहीं भी माने।

"भाई, तुम्हें नहीं लेना तो आगे बढ़ो न हमें क्यों परेशान कर रहे हो?" किसी से हल्का धक्का पाकर वह एक ओर जा खड़ा हुआ। या यूँ कहें कि गिरते-गिरते बचा। उसने अब हंगामा करना आरंभ ही किया था कि दुकान का मालिक वहाँ आ पहुँचा।

"क्या हुआ भाई, क्यों परेशान हैं ये?" उसने लड़के से पूछा।

"कुछ नहीं साहब, ये आधे घंटे पहले मिठाई लेकर गए थे। अब इतनी धूप में झोले में झुलाते हुए मिठाई लेकर जाएँगे तो ख़राब तो होगी ही न!" लड़के ने उत्तर दिया।

"कोई बात नहीं, मैं देखता हूँ।" वह अरुण की ओर मुड़ा।

"क्या हुआ भाई, क्या बात है?" अरुण को उसका स्वर पहचाना-सा लगा। उसने पलटकर देखा। सूरत में भी कुछ अपनापन-सा था। वह चुप हो कर सोचने लगा।

"मोहन, हाँ मोहन, तुम ही हो न?" उसे याद आया। मोहन उसे पहचाना नहीं।

"आइए थोड़ा रास्ते से हटकर बात करते हैं।" उसने शालीनता से कहा। दोनों भीतर ही कुर्सी लगाकर बैठ गए। मोहन अब भी उसको याद करने का प्रयास कर रहा था, पर बात तो आगे बढ़ानी ही थी। "क्या मिठाई ली आपने? वैसे यहाँ सब शुद्ध ही बनता है, फिर भी कोई भूल...।"

"अरे, अरे, अरे, इतनी औपचारिकता! लगता है मेरा अनुमान सही था। तुम हमें भूल गए?" अरुण ने टोका। मोहन ने आँखें झुका लीं। "मैं अरुण...।" नाम सुनते ही मोहन ने अपने पुराने मित्र को पहचान लिया। हाँलांकि, वह यह जताना नहीं चाहता था कि वह उसे भूल रहा था।

"हाँ, हाँ। अरुण, मैं जानता हूँ तुम ही हो। मैं भूल सकता हूँ क्या!" उसने पूरे आत्मविश्वास से कहा।

"अच्छा जी? तो इतनी औपचारिकता क्यों दिखा रहे थे?" अरुण नहीं माना।

"वो तो मैं..., अब तुम ग्राहक बनकर आए हो मेरी दुकान पर तो मेरे

लिए आवश्यक है शिष्टाचार दिखाना।" मोहन ने अपना बचाव किया।

"ओह, तो ये दुकान तुम्हारी है।"

"हाँ, तभी तो मैं आप-आप करके...।"

"हाँ, हाँ बस बहाने मत बनाओ। इतनी बड़ी दुकान के मालिक हो गए हो, बड़े आदमी हो, हमें तो भूल ही जाना था।" अरुण उसकी एक नहीं सुनना चाहता था।

"अरे, ऐसी बात नहीं है, मैं कोई बड़ा आदमी नहीं हो गया हूँ। वो तो तुम अचानक से, इतने समय बाद दिखे तो पहचानने में देर कर दी।" मोहन ने उत्तर दिया।

"यानी तुम मानते हो कि पहचाने नहीं थे।"

"हाँ, पर भूला भी नहीं।"

"भूले नहीं तो और क्या? प्रश्न यह है कि हमें मिले इतना समय हुआ ही क्यों! और उत्तर यह है कि तुम बड़े हो गए। हमें छोटा समझने लगे और हमें भूलना ही उचित समझा।" अरुण ने सीधा आरोप लगाया।

"ऐसा नहीं है, तुम मेरे लिए हमेशा प्रिय रहे हो।"

"ऐसा नहीं है तो बताओ इतने वर्षों में एक बार भी संपर्क क्यों नहीं किया? कभी मिलने भी नहीं आए। क्योंकि तुम भूल गए और भूल इसलिए गए क्योंकि तुम बड़े आदमी हो गए।" अरुण ने स्वयं ही दलील दी और स्वयं ही सुनवाई कर दी।

"हाँ, मानता हूँ मैंने संपर्क नहीं किया। काम चलाने में व्यस्त हो गया था, कुछ समय का अभाव-सा होने लगा तो ध्यान से उतर गया होगा।" मोहन अभी भी अपना बचाव कर रहा था।

"हाँ बड़े लोग ऐसे ही बहाना बनाते हैं।" अरुण ने ताना मारा।

"वैसे तुम सही कह रहे हो शायद मैं भूल ही गया था तुम्हें...।" उसने अपने क्रोध को शालीनता में परोसना ही उचित समझा, "... लेकिन तुम मुझे नहीं भूले।"

"नहीं, बिल्कुल नहीं। आज भी देखो देखते ही पहचान लिया।" अरुण की आँखों में जीत की चमक थी।

"मैं व्यस्तता के चलते तुमसे संपर्क की पहल नहीं कर सका, और तुम्हारे शब्दों में - 'तुम्हें भूल गया'। पर तुम्हें तो मैं याद था न? फिर तुमने क्यों संपर्क नहीं किया? एक बार भी पहल नहीं की। मुझे याद रखते हुए भी तुमने मुझसे संपर्क न करना उचित समझा। यानी बड़े तो तुम हुए।" अब आरोप मोहन ने लगाया। अरुण को अपना दाँव उलटा पड़ता दिखाई दिया।

"अरे नहीं, ऐसा नहीं है, वो तो मुझे लगा तुम नहीं मिलना चाहते इसलिए..., चलो छोड़ो, फिर मिलने आता हूँ, देर हो रही है।" वह उठने लगा।

"अरे, तुम मिठाई वापस करने आए थे न, कर दो और दूसरी ले लो।" मोहन ने उससे कहा और लड़के को भी संकेत कर दिया।

"तुमने तो रोका भी नहीं मुझे।" अरुण ने निराश होने का नाटक किया।

"मैं रोकना तो चाहता हूँ भाई, पर तुम ठहरे बड़े आदमी, तुम्हारे पास बहुत काम होगा। हमारा क्या! हम तो यहीं बैठे रहते हैं, मिठाई बनाते हैं और हंगामा करने वालों को मनाते हैं।" मोहन ने वापस ताना मारने का अवसर नहीं छोड़ा। अरुण ने रूखा-सा चेहरा बनाया और थैला लेकर वापस चलने लगा।

"भाई साहब, यहाँ पर मिठाई कैसी मिलती है?" एक नये ग्राहक ने

उससे पूछा।

"मिठाई तो इस दुकान की बहुत अच्छी है, मिठास में कोई कमी नहीं। काश थोड़ी चाशनी यहाँ के लोगों की बातों में भी होती।" यह बोलकर अरुण आगे बढ़ गया। मोहन वापस अपने काम में व्यस्त हो गया।

* * *

कहानी पढ़कर रसिका की आँखों में एक चमक-सी उठी। वह पुस्तक लेकर सीधी अध्यक्ष महोदय के कक्ष में जा पहुँची।

"आपने ठीक कहा था। ये देखिये मुझे यह कहानी अपने जीवन से जुड़ी ही लगती है।" रसिका ने कहानी का पहला पन्ना खोलकर पुस्तक उनकी ओर बढ़ाई। वे भी उसके उत्साह से प्रभावित हुए। कहानी में क्या है - यह तो वे पहले से ही जानते थे, पर रसिका को उसमें क्या मिला यह जानने के लिए वे उत्सुक थे।

"वाह, ऐसा क्या पा लिया नायिका ने।" उन्होंने उत्साह दिखाया।

"नायिका नहीं, रसिका।"

"हाँ, हाँ, क्या रस मिल गया तुम्हें?"

"देखिए, इस कहानी में ये अरुण है, बेचारे का बचपन का मित्र भी उसे नहीं पहचान रहा है। अपने काम और पैसे बढ़ाने के लिए इसको बिल्कुल दूर ही कर दिया। न बात-चीत, न साथ, न संपर्क! यदि कोई मुझे यह कहानी कुछ वर्ष पहले सुनाता तो मैं विश्वास ही नहीं करती। पर मेरे साथ भी ऐसा ही हुआ है। मेरी भी सहेलियाँ मुझे छोड़ चुकी हैं।" अब उसके स्वर दुःख से भारी होने लगे थे। पर उसने बोलना जारी रखा। "पहले तो ऐसा जताती थीं कि हम जीवन भर साथ जुड़े रहेंगे और अब देखो कोई संपर्क ही नहीं।

मैं तो कभी-कभी ये सोचती हूँ कि क्यों मैं इनके लिए अपने माता-पिता से लड़ जाती थी...।"

"अपने माता-पिता से लड़ जाती थीं?" अध्यक्ष महोदय उसकी व्याख्या से प्रसन्न तो नहीं थे पर उसके प्रयास का मान रखना चाहते थे। वे ध्यानपूर्वक सुनकर प्रतिक्रिया दे रहे थे ताकि वह खुलकर कह सके।

"हाँ, और क्या! मेरी माँ कहती रहती थीं - 'हर समय उसके घर ने जाया कर', 'पढ़ाई पर ध्यान दे', 'पूरा दिन उसके साथ रहती है', 'ये दोस्त काम नहीं आएँगे'... और जाने क्या-क्या, और मैं उनसे लड़कर, रूठ कर बैठ जाती थी, या भाग जाती थी। आज लगता है वो सही थीं, मेरी सबसे अच्छी सहेली भी आज मेरे साथ नहीं है। लोग केवल अपने स्वार्थ और अकेलेपन को दूर करने के लिए ही हमारे साथ होते हैं, जैसे ही कोई विकल्प मिलता है, वैसे ही भुला देते हैं।" रसिका के स्वर में दुःख स्पष्ट सुनाई दे रहा था।

"तो ये तुमने इस कहानी को पढ़कर समझा?" अध्यक्ष महोदय ने पूछा।

"समझा नहीं, बस कहानी अपने जैसी लगी तो सोचा आप से साझा करूँ। आपको भी पता चलना चाहिए कि मैं भी ध्यान से सुन और पढ़ सकती हूँ।" अध्यक्ष महोदय उसकी नादानी पर हल्का सा मुस्कुराए। अपने को श्रेष्ठ एवं विजेता दर्शाने का रोग अभी उस पर से उतरा नहीं था। पर अभी उन्होंने भी उसका उपचार करना आवश्यक नहीं समझा। उससे अधिक महत्त्वपूर्ण भी एक सीख थी जो वे उसे देना चाहते थे।

"जानकर अच्छा लगा।" यह सुनकर रसिका भी दुःख भुलाकर गर्व का अनुभव करने लगी। "वैसे तुम्हारा मोहन के विषय में क्या विचार है? क्या वह भी तुम्हें अपने से जुड़ा लगता है?" अध्यक्ष महोदय ने पूछा।

"मैंने कहा न मेरी सहेली जैसा ही है। भूल भी गया और दोष भी अरुण पर लगा रहा है। वो बेचारा भूला तो नहीं था, पर ये तो... अपनी भूल

स्वीकारता ही कौन है वैसे भी!" रसिका ने शुष्क स्वर में कहा।

"ये तो तुमने ठीक कहा, अपनी भूल कोई नहीं स्वीकारता।" अध्यक्ष महोदय का कटाक्ष रसिका को समझ नहीं आया।

"लगता है आपके साथ भी किसी ने ऐसा कुछ किया है। आप चाहें तो मेरे साथ साझा कर सकते हैं।" रसिका ने प्रस्ताव रखा। श्रोता बनकर उसे भी लाभ ही था। अपनी विचारधारा के समान उदाहरण मिलने से उसको बल तो मिलता ही और दूसरे की बुराई करने में रस मिलता सो अलग!

"मेरे साथ तो नहीं पर शायद मैंने किसी के साथ किया हो।"

"यानी आप मोहन हैं अपनी कहानी के?" रसिका ने आश्चर्य से पूछा। उसे इसकी अपेक्षा नहीं थी कि कोई अपने को भी दोषी के रूप में देख सकता है।

"नहीं, मुझे लगता है मैं अरुण हूँ।"

"वो कैसे?"

"जब मुझे याद था तब भी मैंने पहल नहीं की और केवल प्रतीक्षा करता रहा, बोलो हुई न मेरी भूल, जो मैंने कभी नहीं मानी। मैं अरुण ही हुआ न?" यह सुनकर रसिका को फिर कुछ उलझन हुई।

"एक ओर आप अपना अपराधबोध व्यक्त कर रहे हैं और दूसरी ओर अपनी छवि अरुण में देख रहे हैं। यानी आप कह रहे हैं कि इस कहानी में अरुण दोषी है?" उसने पूछा।

"मैं तो ये नहीं कह रहा हूँ।"

"तो फिर आप क्या कह रहे हैं?"

"मैं तो यही मानता आया हूँ कि जो न जानते हुए किया जाए उसे भूल

कहते हैं और जानते हुए किया जाए उसे अपराध। और यदि मैं या अरुण जानते हुए भी पहल नहीं करते हैं तो..., मुझे तो अपराधी की-सी अनुभूति हो रही है। पर छोड़ो, तुम्हारा दृष्टिकोण तो अलग है।"

"नहीं, नहीं, अब मुझे भी कुछ-कुछ आपके जैसा लगने लगा है। मैंने ऐसे क्यों नहीं सोचा? मैंने क्यों उससे संपर्क नहीं किया?" रसिका को आत्मग्लानि-सी होने लगी। अध्यक्ष महोदय का वक्री प्रयास एक बार फिर काम कर गया।

"अगर तुम भी अब ऐसा सोचती हो तो भूल सुधारने का अवसर है।"

"नहीं, अब कहाँ! अब तो देर हो चुकी है। मुझे पहले ही सोचना चाहिए था। अगर पहले ये पढ़ लिया होता तो कितना अच्छा होता। ओह! कितनी मूर्ख हूँ मैं!" रसिका ने निराशा व्यक्त की।

"ठीक है जैसा तुम उचित समझो। पर मैं अब अपने एक अपराध का बोध हो जाने के बाद, उसे नहीं सुधार कर, एक और अपराध नहीं करना चाहता। कल ही मिलने का प्रयत्न करता हूँ..., हाँ, यही उचित रहेगा।" अध्यक्ष महोदय ने निर्णय सुनाया।

"तो क्या मुझे भी...?"

"तुम्हें क्या करना है ये तो तुम्हें ही तय करना है।"

"अच्छा।" उसने कुछ देर सोचा।

"लेकिन आप ये बताएँ कि यदि आपके मोहन ने आपको नहीं पहचाना या क्रोध में आपको भगा दिया तो आप क्या करेंगे?" रसिका ने निर्णय लेने से पहले संशय दूर करना चाहा।

"पहचाना नहीं तो समझूँगा कि यदि मैंने इतना समय लिया है तो वो भी थोड़ा समय लेने का अधिकार रखता है। और क्रोध किया तो अपने

अपराध का दण्ड मान लूँगा। दण्ड सहने का साहस तो है मुझ में, तुम में भी होगा।"

"हाँ, वो तो है।" रसिका अपने को निर्बल या डरपोक तो नहीं दर्शा सकती थी। "ठीक है, तो मैं भी प्रयास कर लेती हूँ, आपको इतना विश्वास है तो कुछ तो बात होगी।" उसने एक नए आत्मविश्वास का प्रदर्शन किया।

"मेरी शुभकामनाएँ तुम्हारे साथ हैं।"

"धन्यवाद।" रसिका दरवाज़ा खोलकर जाने लगी।

"वैसे, आपको तो शुभकामनाओं की अवश्यकता नहीं। मैं जानती हूँ कि आप अपने 'मोहन' को मना ही लेंगे।" उसने मुस्कुरा कर कहा।

"और तुम अपनी 'मोहिनी' को!"

"देखते हैं।" रसिका अपनी आशा और संशय के साथ वहाँ से ओझल हो गई। अध्यक्ष महोदय वापस अपने कार्य में लग गए।

* * *

"आपने ठीक ही कहा था।" रसिका ने कक्ष में प्रवेश करते हुए कहा। वह आज एक अवकाश के बाद लौटी थी। उसके चेहरे पर एक प्रसन्नता थी जो अध्यक्ष महोदय ने पहले नहीं देखी थी। वह संतुष्ट तो नहीं लग रही थी पर जिस चेहरे पर हमेशा खीज और उलझन का वास देखा हो, उस पर मुस्कुराहट की एक कली भी फूल समान लगती है। वे उसकी बात सुनने को आतुर भी थे पर कहीं न कहीं यह अनुमान भी लगा रहे थे कि कुछ कमी भी है। "मुझे यह समझ आ गया है कि कभी-कभी भाग्य केवल हमारी एक पहल की प्रतीक्षा में होता है। मैं अपनी सहेली से मिली भी और बात भी की। वह भी मेरे जैसे संकोच में ही थी और यह सोचती थी कि मैं ही दूर

होना चाहती हूँ।" रसिका ने अपने बीते दिन का घटनाक्रम सुनाया।

"यह तो बहुत अच्छी बात है, तुम व्यर्थ ही घबरा रही थीं।" अध्यक्ष महोदय ने अपने अनुमान को प्रकट नहीं किया।

"ये तो आपके ही कारण संभव हो पाया है, यदि आप न होते तो मैं कुछ नहीं कर पाती।" रसिका का स्वर धन्यवाद पूर्ण तो था पर धीमा भी था। ऐसा प्रतीत होता था कि कुछ है जो गले तक तो आ रहा है, पर शब्दों का रूप नहीं ले पा रहा है।

"अरे, ऐसा नहीं है, ये तो तुम्हारा ही विवेक था जो तुमने अपने अहंकार को छोड़कर निर्णय लिया। मेरे कहने से नहीं अपने निष्कर्ष से तुमने यह प्रयास किया। तुम प्रशंसा और बधाई दोनों की पात्र हो।" अध्यक्ष महोदय ने उत्साह बढ़ाने का प्रयास किया।

"बधाई के लिए आभार, लेकिन मैं स्वयं को प्रशंसा योग्य तो नहीं समझती।" रसिका अब खुलने लगी थी।

"क्या तुम कारण बताना चाहोगी?" अध्यक्ष महोदय इस ही क्षण की प्रतीक्षा कर रहे थे।

"अब मैं क्या बोलूँ! कल जब मैं अपनी सहेली से मिली तो यह जाना कि उसके जीवन में बहुत कुछ बुरा घटित हो चुका था। आर्थिक और मानसिक स्थिति भी तनावपूर्ण थी।" रसिका इतना कहकर थोड़ा रुकी। उसके चेहरे पर एक अपराधबोध दिखाई दिया।

"यह दुःख की बात अवश्य है। पर इसके लिए तुम अपने को दोष क्यों देती हो?" अध्यक्ष महोदय उसके चेहरे से सब समझ रहे थे।

"आप समझे नहीं। मेरी सबसे प्रिय सहेली जीवन के एक कष्टपूर्ण समय को झेल रही थी, और मैं उसका साथ भी न दे सकी। उसने मुझ से सहायता

लेने में संकोच किया क्योंकि हम बहुत समय से संपर्क में नहीं थे। इस बीच मैंने स्वयं भी इसी हठ में उसकी ओर मुड़कर नहीं देखा कि पहले वो पहल करे। मेरे मन में यह विचार ही नहीं आया कि जिससे में रुष्ट होकर बैठी हूँ, उसे भी तो मेरी आवश्यकता हो सकती है! यदि मैं ही अपने अहंकार को अलग रखकर सोचती तो ये होता ही नहीं। आप ही बताएँ क्या मुझे आज अपने पर क्रोध नहीं आना चाहिए?" रसिका ने अपने मन की व्यथा सुना ही दी।

"हाँ, ये बात तो है, देर तो कर दी। पर जो बीत गया उसको बदल तो नहीं सकते।"

"हाँ, वही तो...।"

"लेकिन मेरे विचार में तो भूल करना बुरा नहीं, बल्कि उसको न मानना और न सुधारना बुरा है। तुमने अपनी भूल को स्वीकारा भी और सुधारा भी, ऐसा बहुत कम लोग कर पाते हैं। इसके लिए प्रशंसा तो होनी ही चाहिए। आशा है कि तुम इसे जारी रखोगी।" अध्यक्ष महोदय ने उसे हतोत्साहित होने से रोका।

"जी। आप ठीक ही कहते हैं।" रसिका ने धीमे स्वर में कहा। वह अब चलने लगी थी।

"पर आप को भी धन्यवाद। आपने नहीं समझाया होता तो मैं ऐसा करने की नहीं सोचती।" उसने थोड़ा रुककर कहा।

"अरे, इस में मैंने क्या किया? कहानी भी तुमने पढ़ी, विचार भी तुमने किया, अर्थ भी तुमने किया और सबसे महत्त्वपूर्ण - अंत में जो प्रयास किया वो भी तुमने ही किया।" अध्यक्ष महोदय प्रशंसा को स्वीकारना नहीं चाहते थे।

"हाँ, वैसे ये तो है। लेकिन फिर भी मैं तो पहले कुछ विपरीत से ही

निष्कर्ष पर पहुँच गई थी। आप के जैसे भावार्थ को तो बिल्कुल सोच ही न सकी।"

"ये तो समय के साथ सीख ही जाना है। प्रत्यक्ष शब्दों के अर्थ को समझकर व्याख्या करना तो एक पाठक का मुख्य गुण है ही लेकिन जो परोक्ष है उसको पहचान लेना ही उसे विशेष पाठक बनाता है। और वही गुण उसे कुछ भी सीख लेने योग्य बना देता है। मुझे विश्वास है कि हमारी नायिका भी धीरे-धीरे उस स्तर पर पहुँचेगी।"

"जी। इन पुस्तकों, कहानियों में कुछ तो विशेष है। अब सोचती हूँ प्रतिदिन कुछ समय बिताया जाए।" रसिका ने अपना निर्णय सुनाया। वह अब बाहर जाने के लिए मुड़ी।

"यानी हमारी नायिका को अब पुस्तकालय पसंद आने लगा है।" अध्यक्ष महोदय ने निष्कर्ष निकाला।

"र-सि-का...।" वह अपना नाम ठीक कराते हुए बाहर चली गई। अध्यक्ष महोदय हँसते हुए वापस अपने कार्य में व्यस्त हो गए।

अध्याय
तीन

"सब कुछ आपके कारण हुआ है, जानते हैं कैसे संकट में फँस गई मैं?" रसिका बहुत देर से पुस्तकालय पहुँची और सीधा अध्यक्ष महोदय पर क्रोध व्यक्त करने लगी।

"क्या हुआ? सब ठीक?" अध्यक्ष महोदय ने कुछ लिखते-लिखते पूछा।

"ठीक? ठीक कैसे हो सकता है कुछ? वैसे ही जीवन में अशान्ति कम नहीं थी, आपकी मूर्खता पूर्ण बातें मानकर मैंने और बढ़ा लीं।" रसिका अब पहले की भांति क्रोध व खीज चेहरे पर लिये खड़ी थी। अध्यक्ष महोदय ने हाथ रोका और गर्दन उठाकर उसकी ओर देखा।

"तुम चाहो तो विस्तार से बता सकती हो, संभवतः हम कोई समाधान निकाल लें। बैठो।" अध्यक्ष महोदय ने कुर्सी की ओर संकेत किया।

"जी नहीं, धन्यवाद। वैसे भी मैं यहाँ रुकने नहीं आई हूँ। यह बताने आई हूँ कि आपका यह पुस्तकालय और पुस्तकें किसी काम के नहीं हैं। इनका वास्तविकता या व्यावहारिकता से कोई संबंध नहीं हैं। उलटा आप

की बात मान कर जो इनमें कुछ ढूँढेगा भी तो उसे और उलझनें ही मिलेंगी।" कल तक जो रसिका उनकी प्रशंसा कर रही थी आज वह उन्हें फिर कटु वचन कहने लगी थी। वह बिल्कुल पुराने स्वरूप में थी। अध्यक्ष महोदय ने उसकी बातों का बुरा नहीं माना, न ही उसके व्यव्हार से अचंभित हुए। वे भली भाँति यह जानते थे कि मनुष्य अपनी प्रवृत्ति से बहुत समय तक दूर नहीं रह सकता। जब तक मूल में ही कोई विशेष परिवर्तन न हो, तब तक स्वभाव में अंतर क्षणिक ही होता है।

"यदि प्रश्न ठीक प्रकार से किया जाए तो उत्तर मिल ही जाते हैं, देर से ही सही।" अध्यक्ष महोदय ने अपने शान्त भाव को बनाए रखा।

"उत्तर? उत्तर देंगे आप? ठीक है। मैं सीधा सीधा बताती हूँ। मेरी वो सहेली जिससे आप के कहने पर मैंने बातचीत फिर शुरू की थी, मुझे फिर अकेला छोड़ रही है।" रसिका ने मन की बात कहना आरंभ किया।

"ऐसा क्यों।"

"क्योंकि अब मेरे शत्रु जो पसंद आने लगे हैं। पता है, उसके यहाँ कल बहुत समय बाद एक उत्सव है...।"

"ओह, उसने तुम्हें नहीं बुलाया?"

"बुलाया तो है, पर मैं नहीं जाऊँगी, कभी नहीं, न तो उत्सव में ही और न फिर उससे मिलने।" रसिका के चेहरे पर अब क्रोध नहीं पीड़ा दिखाई दे रही थी।

"यानी वो तुम्हें नहीं बल्कि तुम उसे छोड़ रही हो।" अध्यक्ष महोदय ने टिप्पणी की।

"लेकिन कारण भी तो वही है न। अरे क्या आवश्यकता है उसे उन लोगों को बुलाने की, जो न मुझे पसंद करते हैं न जिनके साथ मैं ही सहज

अनुभव करती हूँ?"

"यह तो वही बता सकती है। पूछकर...।"

"हाँ, हाँ, पूछा न मैंने। कहती है कि बुरे समय में वे उसके साथ थे, तो न बुलाना अच्छा नहीं लगता है। यानी अब मेरा तो कोई महत्त्व ही नहीं है न?" रसिका ने उत्तर दिया।

"लेकिन किसी और के आने मात्र से तुम्हें क्या आपत्ति है?" अध्यक्ष महोदय अपनी कुर्सी से उठ गए और पास रखी पुस्तकों में से एक को लेकर उसके पन्ने पलटने लगे। रसिका उनकी गतिविधियों पर ध्यान दिए बिना अपनी बात बोलती रही।

"आप नहीं जानते न उन्होंने मेरे साथ क्या किया है और मुझे कितना सताया है, ऐसे में उनकी सूरत देखकर भी मुझे घृणा होगी। इसलिए मैंने यह निर्णय ले लिया है, और आप इसे बदल नहीं सकते।" वह अडिग थी। कम से कम उसे तो ऐसा ही लगता था।

"नहीं, नहीं, मैं क्यों तुम्हारा निर्णय बदलने लगा। तुमने भी कुछ सोचा ही होगा। मैं तो यह नहीं समझ पा रहा हूँ कि तुम अब इतनी दुःखी क्यों हो? तुम्हें तो अपने निर्णय लेने की क्षमता पर गर्व होना चाहिए।" अध्यक्ष महोदय ने भोला-सा चेहरा बनाकर कहा।

"दुःख कैसे नहीं होगा? मेरी सबसे प्रिय सहेली के जीवन का महत्त्वपूर्ण दिन, और मैं वहाँ उपस्थित नहीं होऊँ। क्या यह उचित है?" रसिका अपनी ही भावनाओं से जूझ रही थी।

"यदि उचित नहीं लगता है तो चले जाने में क्या आपत्ति है?"

"यही तो संकट है न। जाना भी नहीं और न जाना भी सही नहीं। ओह, कहाँ फँस गई! इससे तो अच्छा था, मैं उससे फिर मिलती ही नहीं, कम

से कम एक और क्लेश तो न जुड़ता। आप और आपकी पुस्तकों ने ही मुझे इस परिस्थिति में पहुँचाया है, क्या मुझे इस दुविधा से बाहर निकाल सकेंगे? उत्तर है आपके पास?" बात पूरी होने पर रसिका ने ध्यान दिया कि अध्यक्ष महोदय अब दरवाज़े के पास खड़े हैं और जाने ही वाले हैं। "क्यों, उत्तर नहीं है न आपके पास?"

"समय बचा होता तो अवश्य देता...।" अध्यक्ष महोदय ने घड़ी की ओर देखते हुए कहा, "... और कल तो तुम अपनी सहेली के उत्सव में जाओगी तो कल भी समय नहीं मिलेगा। इस बीच तुम उत्तर अपने आसपास ही कहीं ढूँढ लो, फिर परसो इस पर चर्चा करेंगे।" अध्यक्ष महोदय एक बार फिर एक उलझी हुई रसिका को 'अकेला' छोड़कर चले गए।

पर क्या वह वास्तव में अकेली ही थी? रसिका उनकी बातों को समझने का प्रयास कर रही थी कि उसकी दृष्टि पास रखी पुस्तक पर पड़ी जिसको अध्यक्ष महोदय ही कुछ देर पहले हाथ में पकड़े हुए थे। वह अधखुली पुस्तक संभवतः कोई उत्तर लिए थी। पर क्या?

* * *

मेले का समय पूरा होने को था। सुबह से जो भीड़ थी वह भी अब लगभग समाप्त हो चुकी थी। कुछ लोग बस चाट, फल आदि के ठेलों पर दिखाई दे रहे थे। झूले वाले भी अब झूले बंद करके बांधने का मन बना चुके थे। आरती भी अब थक चुकी थी और घर जाना चाहती थी, पर उसकी बच्ची का मन नहीं भरा था। वह जाने से पहले एक अंतिम झूले पर बैठना चाहती थी।

"इस पर हम एक बच्चे को अकेला नहीं बैठा सकते, कम से कम दो तो हों।" झूलेवाले ने आरती के अनुरोध पर कहा। इस समय और किसी

बच्चे के आने की आशा नहीं थी। पर उसकी बच्ची ये सब कहाँ समझती! आरती चिन्ता से सर पकड़े खड़ी थी कि क्या करे। "आप एक काम कर सकती हैं, अभी कुछ ही देर पहले एक भाईसाहब अपने बच्चे के साथ आए थे पर अकेले होने के कारण चले गए। वहीं सामने बैठे हैं, आप उनसे पूछ कर देखिए, आना चाहें तो...।" झूले वाले ने सुझाया। आरती के पास कोई अन्य विकल्प नहीं था। वह सर हिलाकर उस व्यक्ति के पास गई।

"सुनिए...।" उस व्यक्ति ने हाँ में सर हिलाया पर पलट कर नहीं देखा। "क्षमा कीजिए...।" आरती ने बोलना जारी रखा, "...मेरी बेटी भी इस झूले पर झूलना चाहती है, यदि आप को आपत्ति न हो तो आपके बेटे के आने से साथ मिल जाएगा। यदि वह भी चाहता है तो।" आरती का अनुरोध सुनकर बच्चे की आँखों में भी चमक आ गई।

"जी, यदि 'आप' को आपत्ति न हो।" वह व्यक्ति पलटकर बोला। विनोद को सामने देख आरती सकपका गई। बीते दिनों की हवा उसे छू कर निकली और वह कुछ क्षणों के लिए वहीं जम गई। वह स्वयं मना कर देना चाहती थी, पर अब कुछ बोल नहीं पा रही थी। वह केवल सर ही हिला सकी। उन दोनों की सहमति मानकर बच्चे प्रसन्नतापूर्वक झूले की ओर दौड़े।

"मैं उन्हें ठीक से बैठाकर आता हूँ।" यह कह कर विनोद भी उनके पीछे चल दिया।

आरती ने अब किसी तरह अपने को संभाला।

"क्यों?" वह सोचने लगी। "अब क्यों?" वह वहीं खड़ी रही। फिर ध्यान आया तो मुड़कर झूले की ओर चलने लगी। विनोद पैसे देकर लौट रहा था।

"हम वहीं सामने बैठकर उन्हें देख सकते हैं।" विनोद ने हिचकिचाते

हुए कहा। दोनों झूले के सामने एक पत्थर पर बैठ गए। दोनों ही एक दूसरे की ओर नहीं देखना चाहते थे, कभी इधर-उधर तो कभी झूले की ओर देखते रहे। दोनों के पास बातें तो बहुत थीं, पर बोलने के लिए कुछ नहीं था।

"मैं आपके पैसे दे देती हूँ।" आरती को अचानक ध्यान आया और पैसे गिनने लगी।

"नहीं, नहीं, जाने दो। इसकी कोई आवश्यकता नहीं है।" विनोद ने बिना उसकी ओर देखे कहा।

"देखिए, मैं आपका कोई उपकार नहीं रखना चाहती, पैसे तो आपको लेने ही होंगे।" वह अब थोड़ा ऊँचे स्वर में बोली, और उसके हाथ में पैसे थमाने लगी।

"मैं भी आप पर कोई उपकार नहीं कर रहा हूँ, बच्चों की खुशी की बात है, उसका कोई मोल नहीं होता।" विनोद ने हाथ बचाते हुए कहा।

"ओह, फिर वही हठ! कहाँ फँस गई मैं।" आरती ने चिढ़कर दबे स्वर में कहा। कुछ देर शान्त होकर आस-पास देखने लगी। "ठीक है, कुछ खा लेते हैं।" आरती बिना पैसे चुकाए नहीं मानने वाली थी। विनोद इस पर भी सहमत नहीं दिख रहा था। "चलो अब, शकरकंदी ही खा लो, नाटक मत करो।" आरती अब खड़ी हो गई।

"ठीक है, चलो।" विनोद भी झिझकता हुआ उसके साथ चल दिया। शकरकंदी के पैसे चुकाने के बाद आरती को शान्ति मिली। दोनों हाथ में शकरकंदी का पत्ता लिए लौटे और बैठ गए।

"वैसे मैं एक बात स्पष्ट कर दूँ...।" आरती ने कुछ देर के मौन के बाद कहना आरंभ किया, "... मैंने तुम्हारी सहायता केवल अपनी बच्ची के लिए ली है। इसका कोई अनुचित अर्थ मत निकालना।"

"अनुचित अर्थ? मैं क्यों निकालने लगा?" विनोद ने आश्चर्य से पूछा।

"नहीं फिर भी, तुमने तो झट से हाँ कर दी, इसलिए सोचा बोल दूँ। जाने तुम क्या समझने लगो।" आरती ने कारण बताया।

"ओह, वो तो मैं भी बच्चों की खुशी के लिए मान गया, वरना ऐसी वैसी कोई बात नहीं।" विनोद ने उत्तर दिया।

"अच्छा। तुम दूसरों की बात भी मानते हो।" आरती को जैसे पिछली बातों का कष्ट अभी तक था।

"क्यों? अभी तुम्हारी बात मानकर ये खा नहीं रहा हूँ?" विनोद के पास प्रमाण था।

"किसे बना रहे हो? ये शकरकंदी तुमने मेरे कहने से नहीं, बल्कि तुम्हारी मनपसंद है इसलिए ले ली है। वरना तुम कहाँ किसी की सुनने वालों में से हो।" आरती ने नकार दिया।

"तुम्हें मेरी पसंद अभी तक याद है?" विनोद ने आश्चर्य से पूछा।

"कैसे नहीं होगी, तुम्हें जीवन में सबसे अधिक यही तो पसंद है। सबको छोड़ सकते हो, बस इसको नहीं। कभी नहीं!" आरती के स्वर में चिड़चिड़ाहट स्पष्ट देखी जा सकती थी। विनोद एक धीमी हँसी हँस दिया। "क्या हुआ?" आरती ने ऐसी स्थिति में हँसी की तो अपेक्षा नहीं की थी।

"कुछ नहीं, बस कभी-कभी सोचता हूँ कि क्या 'कभी नहीं' जैसा भी कुछ होता है।"

"मैं समझी नहीं।"

"जैसे, मैं सोचता था कि तुम्हारे बिना कभी नहीं जी पाऊँगा। पर देखो इतना समय बीत गया, पर आज भी जीवित हूँ।" विनोद ने कहा। आरती ने

कोई प्रतिक्रिया नहीं दी। वह उसकी बात समझी ही नहीं थी। न ही उसे उसमें हँसने जैसा कुछ लगा। "चलो जाने दो। वैसे, तुम्हारी पसंद का एक झूला भी है यहाँ, सोचा यदि तुमने न देखा हो तो...।"

"हाँ, जानती हूँ।" आरती ने बीच में टोका।"

"तो कैसा लगा तुम्हें?"

"सुंदर है, मैं दूर से ही देखकर लौट आई।"

"क्यों?

"क्योंकि मुझे तुम वहाँ दिखाई दे गए थे, सोचा यदि भूल से भी टकरा गए, तो बात करनी पड़ेगी। और मैं तो तुमसे बात करना भी नहीं चाहती थी, कभी नहीं।" आरती ने स्पष्ट उत्तर दिया।

"लेकिन अब तो कर रही हो।"

"ये तो विवशता है, करना तो मैं अब भी नहीं चाहती।"

"चलो जाने दो, वैसे तुम अब भी जा सकती हो, मैं साथ नहीं जाऊँगा, यहाँ से बच्चों को देखता रहूँगा।" विनोद ने प्रस्ताव रखा।

"इसकी कोई आवश्यकता नहीं है। वैसे भी वो अब बंद हो चुका है।" आरती अब भी उसकी ओर नहीं देख रही थी।

"ओह! मुझे इस बात का दुःख रहेगा कि मेरे कारण तुम्हें निराश होना पड़ा।"

"कोई बात नहीं, जो होना था सो हो गया। हमें जब फिर कभी नहीं मिलना है तो इतना क्या सोचना!"

"फिर भी...।"

"इतना कभी पहले सोचा होता तो क्या ही बात थी, अब क्या ही

लाभ?" आरती अब भी चिढ़ी हुई थी।

"ठीक है। लगता है बीती बातें तुमसे भुलाई नहीं जा रहीं। चलो जाने दो। मुझे तो ये भी याद नहीं कि हमारी लड़ाई किस बात पर हुई थी।" विनोद ने कहा।

"याद तो मुझे भी कुछ नहीं है, और न ही मैं याद रखना चाहती हूँ।" आरती ने उत्तर दिया। विनोद हाथ में रखी शकरकंदी को देखकर मुस्कुराने लगा।

"तो फिर आज अपने पसंद के झूले पर क्यों नहीं गई?"

"कहा ना अभी, तुम दिख गए थे, तुमसे मिलना या बात करना नहीं चाहती थी। कभी नहीं।"

"पर अब तो कर रही हो।"

"इसका कारण भी पहले बता चुकी हूँ, एक ही बात बार-बार करने से सच बदल नहीं जाएगा।"

"हाँ ठीक है, मान लिया। मैं भी कभी नहीं चाहता था कि तुमसे फिर मिलना हो, पर आज मिलना पड़ा, तुम भी मुझ से बात फिर कभी नहीं करना चाहती थीं, पर अब करनी पड़ी - जिस भी कारण से। ऐसा ही कोई कारण हमें पहले मिल गया होता तो शायद आज बात कुछ और होती...।" विनोद ने निराशा जताई।

"कुछ और? जैसे?" आरती ने आश्चर्य से उसकी ओर देखा। विनोद भी अब उसकी ओर देखने लगा। इतनी देर में पहली बार ऐसा हुआ था कि दोनों ने एक दूसरे को सामने से ठीक से देखा हो। कुछ क्षण मौन रहा।

"जैसे...।" विनोद ने कहना शुरू ही किया था कि दोनों बच्चे उछलते-कूदते, उनको पुकारते हुए लौट आए। दोनों का ध्यान भंग हो गया और

वे बच्चों की ओर मुड़ गए। दोनों ही उन बच्चों की बातें सुनने लगे और उनके कपड़े झाड़ने लगे। अब उनके पास फिर मुड़कर देखने या बात करने का कोई कारण नहीं था। दोनों ही बच्चों को उठाकर चलने की तैयारी करने लगे।

"अरे, आप यह खा रहे थे?" विनोद के बेटे ने पूछा। विनोद ने हाँ में सर हिलाया। "पर आप तो यह कभी नहीं खाते, घर पर इतनी बार बनती है, फिर भी नहीं, कभी नहीं।" यह सुनकर आरती ने पलटकर आश्चर्य से देखा। विनोद उससे आँखें चुराकर बच्चे को ही प्यार से खिलाने लगा।

"आज की बात और है। चलो जाने दो। लो, तुम खा लो।"

"चलें?" आरती की बच्ची भी अब उसे चलने के लिए बोल रही थी।

दोनों अपने-अपने बच्चों के साथ विपरीत दिशाओं में चल दिए, ताकि फिर कभी नहीं मिल सकें। कभी नहीं।

* * *

कहानी पढ़कर रसिका कुछ देर वहीं बैठी रही। वह उसे समझने का प्रयास करने लगी।

"क्या विनोद ने अपनी पसंद इतने वर्षों से छोड़ी हुई थी?" उसने मन ही मन विचार करना आरंभ किया। "पर क्यों? क्या इसलिए कि वह उसे आरती की याद दिलाता? पर क्या इतनी सी बात के लिए कोई अपने को ही दंड दे सकता है? या बात छोटी-सी नहीं थी? आरती ने भी तो...। कुछ तो ऐसा हुआ होगा न कि दोनों ही के मन में एक-दूसरे के प्रति इतनी घृणा उत्पन्न हो गई। ओह, इन्होंने कुछ लिखा भी तो नहीं है। अब कैसे समझ आएगा।?" रसिका सर पकड़कर बैठ गई और कुछ देर पुस्तक को घूरती

रही और फिर पूरे कक्ष में उसकी दृष्टि भ्रमण करने लगी।

कुछ पुस्तकों का ढेर देख उसके समक्ष अध्यक्ष महोदय से अपनी पुरानी भेंट की स्मृति उभर आई। उसे याद आया कि वे गौण से अधिक महत्त्व भाव को देते हैं।

"क्या यह महत्त्वपूर्ण है कि दोनों के बीच क्या हुआ हो?" उसने फिर सोचा। "यदि होता तो लिखा ही होता न! सोचने वाली बात तो यह है कि इतना कुछ हो जाने के बाद भी अब दोनों एक दूसरे से बात तो कर ही रहे हैं। तो क्या इतने वर्षों के त्याग और तप का ऐसा अंत होना था? और जब होना ही था तो क्या सब निरर्थक और निष्फल माना जाए? या मूर्खता? या नियती? या कुछ और...?" वह किसी निष्कर्ष तक नहीं पहुँच पा रही थी।

उसने पुनः कहानी को पढ़ने का प्रयास किया।

"कभी-कभी सोचता हूँ कि क्या 'कभी नहीं' जैसा भी कुछ होता है?" विनोद के इस कथन ने उसका ध्यान आकर्षित किया।

"क्या सच में 'कभी नहीं' जैसा कुछ नहीं होता?" रसिका ने फिर चिन्तन किया। "कहानी से तो ऐसा ही लगता है। 'कभी नहीं' जी पाऊँगा' - पर जी लिया। 'कभी नहीं मिलूँगी' - पर मिल ली या यूँ कहें मिलना पड़ा। 'बात भी कभी नहीं करूँगी' - ये भी हो गया। खाना भी 'कभी नहीं' था - पर खा लिया। तो इस 'कभी नहीं' के चक्कर में जो छोड़ा वो भी व्यर्थ रहा और जो यह 'कभी नहीं' का वचन दिया वह भी निरर्थक और निष्फल ही निकला। तो क्या मेरे साथ भी ऐसा हो सकता है?" वह अब अपने जीवन से कहानी को जोड़ने लगी। "आज जिनसे भाग रही हूँ और अपने सुख के क्षण गँवा रही हूँ यदि वे कल कभी मिल गए तो? या तब ऐसी स्थिति हुई तो? क्या मेरा आज ही वह कर लेना उचित नहीं होगा? क्या मुझे कल चले ही जाना चाहिए? और क्या सब को अनदेखा कर देना चाहिए या सब कुछ

भूल ही जाना चाहिए?" उसने आँखें बंद कर लीं। उसे पुरानी बातें याद आने लगीं और घाव फिर हरे हो गए।

"नहीं... नहीं... नहीं। मैं कुछ नहीं भुला सकती। आरती और विनोद भुला सकते होंगे, पर मैं नहीं। उनकी दृढ़ता में कमी होगी - मेरी में नहीं है। या हो सकता है दोनों का ही दोष रहा हो इसलिए भूलना सरल रहा हो। पर मैं तो जानती हूँ अपना सच! मेरा तो कोई दोष कभी था ही नहीं। तो ऐसे लोग जिनके बारे में सोचने मात्र से ही मेरा मन जलने लगता है, वे सामने आ गए तो जाने क्या कर बैठूँगी। मेरा कल न जाना ही उचित रहेगा।" उसने मन बना लिया। "अध्यक्ष महोदय इस बार आपका कथन सही नहीं हुआ। आप मुझ से अपनी बात मनवा नहीं पाए।" उसने अध्यक्ष महोदय की रिक्त कुर्सी को संबोधित करते हुए कहा।

वह अपने आप से ये बातें कर ही रही थी कि उसे द्वार खटखटाने की ध्वनि सुनाई दी।

"कौन?" उसने आश्चर्य से पूछा।

"जी, मैं।" जाने-पहचाने स्वर में उत्तर मिला।

"आ जाइए।" उसने पलटकर देखा कि चायवाला द्वार प्रवेश कर रहा है। "ओह, आप हैं।"

"जी, मैं हूँ।"

"मुझे चाय नहीं चाहिए, और समोसा-कचौड़ी, कुछ नहीं।" रसिका ने चायवाले के प्रस्ताव रखने से पहले ही स्पष्ट कर दिया।

"जी, जानता हूँ इसलिए दूध लेकर आया हूँ। चायवाले ने दूध की केतली दिखाते हुए कहा।

"दूध?"

"जी, हाँ।"

"मेरे लिए?"

"जी, और तो कोई यहाँ नहीं है।"

"लेकिन क्यों?"

"जी, वो आप पिछली बार चाय को देखकर उबल गईं थीं तो मुझे लगा दूध पसंद हो..., साथ में जलेबी भी है।" चायवाले ने उत्साहपूर्वक उत्तर दिया।

"ओह! उस दिन की बात और थी।" रसिका ने कहा।

"यानी आप चाय पिएँगी? मैं ले आता हूँ।" चायवाला चलने लगा।

"अरे, नहीं नहीं, मुझे कुछ नहीं चाहिए, आप व्यर्थ ही कष्ट ले रहे हैं।" रसिका ने रोका।

"इसमें कष्ट कैसा, यही तो काम है। पेट भरने के लिए हाथ-पैर तो चलाने पड़ते हैं, ताकि पेट भर कर फिर उन्हें चलाने की क्षमता आ जाए ताकि फिर पेट भरने के लिए उन्हें चलाया जा सके ताकि...।" वह उसके चेहरे पर उभरते भावों को देख कर रुक गया। नहीं तो संभवतः सारी रात इसी चक्र में घूमती रह जाती। "...मतलब यही तो जीवन है। ही ही ही।" रसिका को उसकी प्रतिक्रिया समझने में समय लग रहा था। वह चलने लगा तो उसने रोका और पूछा-

"अच्छा, सुनो, क्या हाथ-पैर मारना पर्याप्त होता है पेट भरने के लिए?"

"जी, पेट भरने के लिए हाथ-पैर के साथ मुँह और कान भी ...।"

"नाक!"

"नाक नहीं कान।"

"अरे, मुँह का समझ आता है खाने के लिए, नाक का तो खाने को सूँघने के लिए न ताकि स्वाद में बढ़ोतरी हो। तो ये कान कहाँ से आ गया?"

"सुनना भी तो पड़ता है, इतने लोगों को। कभी अच्छा कभी बुरा।" चायवाले के चेहरे पर एक दुःख भरी मुस्कान उभर कर आई। रसिका को अपना व्यवहार अचानक याद आया।

"ओह, हाँ, मैंने भी तो आपसे चिल्लाकर बात की थी। उसके लिए क्षमा...।"

"जी, कोई बात नहीं।"

"कोई बात कैसे नहीं? आपको बुरा नहीं लगा?"

"ऐसा तो हम हर दिन ही सुनते हैं। किस किस का बुरा मानेंगे!"

"फिर भी! मुझ से कोई इस तरह से बात करे तो मैं तो उसको चार और सुना दूँ, और दोबारा देखूँ भी न पलटकर। और आप हैं कि इतने प्यार से फिर बात भी कर रहें, और पसंद-नापसंद का ध्यान भी रख रहे हैं।"

"जी, ये तो करना ही पड़ेगा ना। अब ग्राहकों से तो लड़ते नहीं रह सकते। वैसे भी घोड़ा घास से घृणा करेगा तो खाएगा क्या?"

"हाँ, बात तो ठीक कह रहे हो, पर कहावत सही नहीं है। सही कहावत ये है कि - 'घोड़ा घास से दोस्ती करेगा तो खाएगा क्या', समझे?" रसिका उसकी भूल सुधार कर मुस्कुराने लगी।

"अच्छा, ये बात है। आप पढ़ी लिखी हैं। सही होंगी। हमने तो जो देखा सो कह दिया।" चायवाले ने सर खुजाते हुए कहा।

"'जो देखा...', क्या देखा है?" रसिका की मुस्कुराहट क्षणिक ही थी।

"यही कि लोग जिससे घृणा करते हैं, उस के हाथ का खाते भी नहीं,

फिर भले भूखे क्यों न मर जाना पड़े।" चायवाले ने अपना अनुभव साझा किया।

"अच्छा, चलो जो भी है। कहावत वही है जो मैंने कही - मैत्री वाली।" रसिका ने बात को विराम देना चाहा।

"अच्छा, समझा। यानी मैत्री और घृणा में कोई विशेष अंतर नहीं है। घोड़ा भूखा ही मरेगा।"

"अरे, अंतर कैसे नहीं है? मैत्री सदैव ही घृणा से बढ़कर होती है। और सच्चा मित्र कभी भूखा मरने नहीं देगा। उसे जब याद करोगे तब साथ देगा ही।"

"लेकिन याद करेंगे तब न, हमने तो लोगों को शत्रुओं के बारे में सोचते, बात करते देखा है। अपने काम से मित्र का भला हो न हो, शत्रु का नहीं होना चाहिए। जब अपनी सोच में ही प्राथमिकता घृणा को है, तो मैत्री कैसे बढ़कर हो सकती है?"

"ऐसा नहीं...।" रसिका बोलते-बोलते रुक गई। उसे ध्यान आया कि वह भी वैसा ही कुछ कर रही थी। "मैं भी वही कर रही हूँ, जो इन्होंने कहा...।" उसने मन ही मन सोचा। "इतनी देर से मैं केवल उन लोगों के बारे में सोचकर अपना निर्णय ले रही थी, पर अपनी सहेली - जिसका उत्सव है, खुशी है - उसके बारे में तो सोचा ही नहीं...!"

"अच्छा, आप ठीक कह रही होंगी, मैं चलता हूँ। चायवाले की ध्वनि ने उसके विचार प्रवाह को रोक दिया। वह चेतना में आई। "रुको, आप दूध लेकर आए थे न, मुझे दे दो।"

"जी।" चायवाले ने एक प्याले में दूध भरकर उसे वहीं रख दिया। "और कुछ लेंगी आप? जलेबी...।" वह फिर अति उत्साहित होकर पूछने लगा।

"अरे जितना...।" रसिका फिर चिढ़कर चिल्लाने ही लगी थी कि उसने स्वयं पर नियंत्रण पाया और स्वर को शांत किया। "...नहीं, और कुछ नहीं।"

"आप प्याले को यहीं छोड़ दीजिएगा, मैं बाद में ले जाऊँगा।" चायवाले ने पैसे लेते हुए कहा और फिर वहाँ से चला गया। रसिका वहीं बैठी दूध पीते-पीते अपने निर्णय पर पुनर्विचार करने लगी।

"कभी नहीं मिलने वालों के लिए क्या उसको छोड़ देना उचित है जिससे कोई बैर नहीं?" उसने पुस्तक की ओर देखा। "और, यदि ये बात सच है कि 'कभी नहीं' का भविष्य में कोई अस्तित्व ही नहीं है तो उसके लिए आज की सच्चाई को क्यों नकारना?" उसने आँखें बंद कर लीं। जहाँ पहले शत्रुओं की छवियाँ प्रकट हो रही थीं अब वहीं अपनी सहेली के साथ व्यतीत किये पलों का चलचित्र प्रदर्शित हो रहा था। 'कभी नहीं' का सिद्धान्त वह समझ गई थी। अब उसका निर्णय केवल प्राथमिकता पर निर्भर था। "आरती और विनोद ने इतने वर्ष जो सोचकर नष्ट किए हों, पर अंत में निर्णय अपने बच्चों का सोच कर ही लिया! मुझे भी..., हाँ, मुझे जाना चाहिए।" उसने आँखें खोलते हुए कहा। "किसी से कभी मिलूँगी या नहीं यह तो समय के हाथ में होगा, पर आज का निर्णय तो मुझे ही लेना है। और जो अनिश्चित है, उसके लिए निश्चित को नष्ट करना तो मूर्खता ही होगी।" रसिका ने मन बना लिया। अब उसे एक विचित्र आनंद की अनुभूति हुई। उसे अपने निर्णय पर भी गर्व होने लगा था। कुछ देर वहीं बैठकर वह उत्सव की कल्पना करती रही और फिर घर चली गई, ताकि अगले दिन देर न हो।

* * *

"तो कैसा रहा हमारी नायिका का उत्सव?" अध्यक्ष महोदय ने रसिका के प्रवेश करते समय पूछा।

“अच्छा था।” रसिका खुशी एवं निराशा के भावों का मिश्रण लिए बोली। अध्यक्ष महोदय ने उसके स्वर में छुपी नकारात्मकता को ताड़ लिया।

“कुछ कहना चाहती हो?” उन्होंने पूछा।

“हाँ... नहीं... पता नहीं...।” उसको समझ नहीं आ रहा था कि क्या कहे, कैसे कहे।

“क्या तुम्हारा किसी से झगड़ा हो गया वहाँ?”

“नहीं, ऐसी बात नहीं है। मैंने अपने ऊपर संयम रखा और सोचा कि जब कोई लड़ाई उम्र भर खींची भी नहीं जा सकती तो आज भी क्यों ही करनी। बस बचती रही बात करने से और जहाँ टकराई भी वहाँ औपचारिक संवाद कर आगे बढ़ती गई।”

“वाह! हमारी नायिका इतनी समझदार हो गई है।”

“एक तो आप मेरा नाम सही लिया करें।” रसिका ने चिढ़कर कहा।

“अच्छा ठीक है, लेकिन ये तो पता चले कि इस ज्ञान के पीछे का क्या रहस्य है। हमें भी तो बताओ। हम भी कुछ सीख लें।” अध्यक्ष महोदय ने अज्ञानता का ढोंग किया।

“आप मेरी टाँग खींच रहे हैं क्या? सब कुछ तो जानते हैं आप फिर भी ऐसे बन रहें हैं कि कुछ पता ही न हो।”

“मैं क्या जानता हूँ?”

“मेरा सर! क्यों, क्या आप ने यह पुस्तक, यह कहानी यहाँ नहीं छोड़ी थी मुझे समझाने के लिए?” रसिका की खीज और बढ़ गई।

“अरे, यह पुस्तक, हाँ जब मैं कल आया था तो रखी देखी थी। मुझे लगा कोई रखकर भूल गया है तो ऐसे ही रखी रहने देता हूँ। क्या इसमें कोई

अच्छी कहानी मिली तुम्हें?" अध्यक्ष महोदय ने चेहरे का भाव नहीं बदला।

"ओह! अब बस भी कीजिए। सब कुछ तो जानते हैं आप। सब कुछ आप ही तो करते हैं। आप ही के कारण मैं अपनी सहेली से पुनः मिल सकी। आप ही ने तो मुझे आत्मग्लानि से बचा लिया, जो मुझे कल न जाने से होती। अब मैं पहले से अधिक पढ़ने, सोचने का प्रयास करती हूँ ताकि अच्छे निर्णय ले सकूँ। यह भी आपके कारण हुआ है। और मैं हूँ कि... आपका ही अपमान करती रही...। आप मुझे विवश कर देते हैं।" रसिका की मनोदशा अभिव्यक्त होने लगी थी और अध्यक्ष महोदय को पूरी बात समझ आ गई।

"कैसा अपमान?"

"अरे फिर वही बात। मैंने आपको परसो इतना कुछ कह दिया, क्या वह अपमानजनक नहीं था? मैं क्रोध में जाने क्या-क्या बोलती रही...।" रसिका को अपनी भूल का पछतावा था।

"ओह! तुम उस बात को लेकर दुःखी हो। कोई बात नहीं। मैंने बुरा नहीं माना। मैं भूल गया तुम भी भूल जाओ।" अध्यक्ष महोदय ने सांत्वना दी।

"अरे, कमाल हैं आप। ऐसे कैसे भूल गए? और बुरा क्यों नहीं माना?... या... क्या आप भी मुझे ग्राहक के रूप में ही देखते हैं?" रसिका को उनकी बात का एक ही कारण दिखाई दे रहा था।

"ग्राहक? मैं समझा नहीं।" अबोध होने के नाटक ने अब यथार्थ का रूप ले लिया था।

"जैसे वो चायवाले भैया ग्राहकों की बात का बुरा नहीं मानते, नहीं तो वो भाग जाएँगे, और उनका काम नहीं चलेगा। आप भी...।"

"नहीं, ऐसा कुछ नहीं है।"

"तो फिर कैसा है?"

"देखो, मुझे अपमानित होने में कोई रुचि नहीं है, इसलिए मैं किसी से अपमान को स्वीकार ही नहीं करता। और क्योंकि मैं अपमान से बचता हूँ, तो मुझे प्रशंसा का भी अधिकार नहीं है। इसलिए जब तुम पहले मेरी प्रशंसा कर रहीं थीं तब मैंने वो भी स्वीकार नहीं की। वैसे भी नादानी में किए गए अपमान का कोई मूल्य नहीं।" अध्यक्ष महोदय ने उसकी उलझन का समाधान कर दिया।

"अच्छा, तो ये बात है...।" रसिका कुछ-कुछ समझ रही थी।

"हाँ, और इसलिए मैंने परसों का अपमान भी नहीं सहा, और आगे भी जब करोगी तब भी मुझ से टकराकर वापस चला जाएगा।"

"अरे, नहीं नहीं। मैं ऐसा व्यवहार फिर नहीं करूँगी। आप के साथ तो कभी नहीं।"

"कभी नहीं?"

"जी... कभी...।" कहते-कहते रसिका की दृष्टि पुस्तक पर पड़ी और उसने होठों को दबाकर सर झुका लिया। अध्यक्ष महोदय हँसने लगे। वह भी धीरे-धीरे मुस्कुराने लगी और फिर सर उठाकर हँसना आरंभ किया। "वैसे यह आश्चर्य की बात है...।" उसने हँसी धीमी कर कहा, "आपने और उन भैया ने मेरे आचरण पर एक जैसी ही प्रतिक्रिया दी पर उसके पीछे दोनों के विचार, कारण, सोच सब बिल्कुल भिन्न थे।"

"तो इसमें आश्चर्य कैसा? एक ही बात के कई अर्थ हो सकते हैं तो कई कारणों का एक ही परिणाम क्यों नहीं हो सकता?"

"तो आप यह मानते हैं।"

"इतनी पुस्तकों के बीच रहते हुए इतना तो जान ही गया हूँ कि सैकड़ों पुस्तकों में लिखी बातें कहीं न कहीं तो मेल खाती ही होंगी। एक जैसी होकर भी अंतर और अंतर होते हुए भी एक समान।"

"यानी आप कह रहे हैं कि सब लोग घुम फिर कर वही व्यव्हार करते हैं, और फिर वही लिख देते हैं, कारण का कोई महत्त्व ही नहीं है?" रसिका का प्रश्न अब बदल गया था।

"ये तो मैं नहीं कह रहा हूँ।"

"तो फिर आप क्या कह रहे हैं?" रसिका पहेलियाँ बुझाना नहीं चाहती थी।

"मैं तो बस इतना कह रहा हूँ कि विभिन्न लोगों के विभिन्न दृष्टिकोण हो सकते हैं, जो कहीं किसी रूप में मेल खा जाएँ और एक जैसे परिणाम सामने लाएँ। संभव है कि उन में से कुछ इन पुस्तकों में भी मिल जाएँ...।"

"अच्छा। समझी। आप चाहते हैं मैं और पुस्तकें पढ़ूँ? ठीक है न, मैं अब प्रतिदिन पढ़ूँगी। हर बात को घुमा कर ही बोलेंगे।" रसिका की एक दुविधा यह भी थी कि क्रोध और सम्मान उसे साथ-साथ अभिव्यक्त करना पड़ रहा था। उसकी यह परिस्थिति देखकर और कथन सुनकर अध्यक्ष महोदय फिर मुस्कुरा दिए। "लो, अब हँस रहे हैं।"

"नहीं, नहीं मैं इस बात से खुश हूँ कि हमारी नायिका की पुस्तकों में रुचि फिर बढ़ रही है।"

"र-सि-का...।" कहते-कहते वह कक्ष से चली जाएगी। अध्यक्ष महोदय कुछ देर आँखें बंद किए बैठे रहे।

अध्याय
चार

रसिका अब परिवर्तन के पथ पर अग्रसर थी। गंतव्य अभी दूर ही था, लेकिन उसकी प्रगति का आभास उसके परिचित एवं परिजनों को होने लगा था। उसका स्वभाव अब पूर्व की तुलना में कम चिड़चिड़ा था। निष्कर्ष तक पहुँचने की शीघ्रता के कारण जो रसिका क्रोधपूर्ण एवं विवेकहीन निर्णय लिया करती थी, अब वह कुछ समय सोचने में लगाने लगी थी, भले ही उसमें विफल क्यों न हो। उसके इस व्यवहार को सहना सरल नहीं थी, क्योंकि क्रोध की केवल आवृत्ति कम हुई थी, तीव्रता नहीं। फिर भी एक सकारात्मक परिवर्तन का बीज जो अंकुरित हुआ था, उसके परिचितों ने उसे स्वीकार किया। उनके विपरीत रसिका स्वयं ही अपनी इस यात्रा से अनभिज्ञ थी। अतः लक्ष्य का उसको कोई भान नहीं था। पुस्तकालय में वह केवल इतना प्रयास करती थी कि कहीं कुछ पढ़कर कुछ सीख सके या कुछ प्रयोग करने को मिले। वयाव्हारिक प्रगति की अनुभूति उसे अभी हुई ही नहीं थी और मानसिक उन्नति के बारे में तो उसे कभी विचार ही नहीं आया था।

पुस्तकालय का वह छोटा-सा भाग जो अलमारियों के पीछे बन गया था, उसका ही वह अपने पठन कक्ष के रूप में प्रयोग करती थी। जहाँ नित नई-नई पुस्तकें व उनके अपरिचित लेखक अनायास ही उसके मित्र बनने लगे थे, और अध्यक्ष महोदय के पूर्वकथन को सही प्रमाणित कर रहे थे।

वह असंख्य पुस्तकों से घिरी हुई थी। विषय वस्तुओं की भी कोई गिनती नहीं थी। कहीं विज्ञान तो कहीं इतिहास। कहीं गंभीर समाचार तो कहीं व्यंग्यात्मक लेख। लेकिन उसे अधिक रस कहानियों से ही प्राप्त होता था। जिन में छुपे रहस्य वह अपनी बुद्धि से स्वयं सुलझा लेना चाहती थी। अपने कौशल और क्षमता का लोहा मनवा लेने का रोग उस पर से अभी उतरा नहीं था। इसलिए वह यदा कदा अध्यक्ष महोदय के समक्ष उसका प्रदर्शन करती रहती। वे भी एक ओर उसकी नादानी पर मुस्कुरा देते तो दूसरी ओर उसकी दृढ़ता एवं प्रयास की सराहना भी करते। किसी भी स्थिति में वे उसे हतोत्साहित न करते और न होने देते।

छोटी एवं सामान्य शिष्टाचार की बातें सीख लेना कोई बड़ी बात नहीं थी। शब्दावली का विस्तार भी निश्चित था। अपने विचारों को समर्थन देती कहानियाँ भी सबको प्रिय लगती ही हैं। लेकिन पुस्तकों द्वारा प्रशस्त उस मार्ग पर एक कहानी ने उसको नई दिशा में देखने हेतु विवश किया...।

* * *

राजा की दृष्टि पूर्ण रूप से मृग पर ही थी। झाड़ियों और पेड़ों के बीच उसका कुछ भाग ही दिखाई दे रहा था। और उतना ही पर्याप्त भी था। इस ही आत्मविश्वास के साथ उसने बाण छोड़ दिया। एकाएक कराहने की ध्वनि गूँजी जिसको सुनकर मृग वहाँ से भाग गया। वहाँ जो हुआ वह राजा देख नहीं सका। लेकिन इतना स्पष्ट था कि स्वर मनुष्य का ही था।

"क्या यह मेरे शिकार को भगाने के लिए किया गया है?" उसने सैनिकों को संकेत दिया कि वे उस स्थान पर जाकर निरीक्षण करें एवं किसी भी संदिग्ध को ले आएँ। "यह दुस्साहस दंड योग्य है।" उसने क्रोध में कहा। सैनिक लौटे तो उनके कंधों पर एक घायल वनवासी था। उसके कंधे के पिछले भाग पर बाण फँसा हुआ था। उसे देख राजा का क्रोध और बढ़ गया। "यह अवश्य ही दण्ड का पात्र है।" वह अपनी खड्ग निकालकर उसे मारने के लिए आगे बढ़ा।

"क्षमा कीजिए महाराज, यह आप क्या करने जा रहे हैं? एक घायल व्यक्ति को शरण न देकर उसे मारना अनुचित है।" मंत्री ने राजा को रोकने का प्रयास किया।

"महामंत्री! क्या आपने देखा नहीं कि किस प्रकार इसने हमारे शिकार को भगाकर हमारा अपमान किया है?"

"नहीं महाराज, वास्तव में हम में से किसी ने नहीं देखा कि इसने ऐसा जानकर किया अथवा...।"

"क्या आप यह कहना चाहते हैं कि हमारा निशाना सही नहीं था?" राजा ने आँखें दिखाईं।

"नहीं महाराज, पर यह भी संभव है कि यह वनवासी आपके और मृग के मध्य भूलवश आ पहुँचा हो। यदि ऐसा हुआ तो आप एक निर्दोष व्यक्ति की हत्या के पापी माने जाएँगे।" मंत्री की बात राजा को समझ आ गई।

"आप ठीक कहते हैं, किन्तु इसका निर्णय तब ही हो सकेगा जब यह स्वयं कोई उत्तर देगा। अभी तो मुर्छित जान पड़ता है।" राजा ने निर्णय लिया कि शिविर में ले जाकर घायल वनवासी का उपचार राजवैद्य द्वारा करवाया जाए।

परीक्षण के बाद राजवैद्य ने सूचना दी कि वह चेतना में है। परन्तु शरीर में विष फैल जाने के कारण अब उसका जीवित रहना कठिन था। राजा के लिए उसके प्राणों से अधिक महत्त्वपूर्ण पूरे घटनाक्रम का सच जानना था। अतः वह समय नष्ट करना नहीं चाहता था। वहीं मंत्री विष का नाम सुनकर विचाराधीन हो गए।

"यह घाव तुम्हें कैसे लगा?" राजा ने दर्द में कराह रहे वनवासी से पूछा।

"वन में भ्रमण करते हुए देखा कि एक मृग पर कोई निशाना साधे है। उसकी ही रक्षा के प्रयास में यह बाण मुझे लग गया।"

"दुस्साहस!" राजा को विश्वास हो गया था कि उसके मनोरंजन में विघ्न सचेत रहते हुए डाली गई है। वह फिर एक बार उसे मारने के लिए आतुर हो उठा।

"ठहरिये महराज।" मंत्री अभी संतुष्ट नहीं थे।

"क्या हुआ महामंत्री? क्या आपने सुना नहीं? सब कुछ तो स्पष्ट हो गया है।"

"मैंने सब सुन लिया है, संभवतः आपने राजवैद्य के कथन पर ध्यान नहीं दिया। बाण लगने के कारण शरीर में विष चला गया है, लेकिन हमारे बाणों में तो विष का प्रयोग नहीं किया गया। तो यह बाण किसका था जिस से यह मृग की रक्षा कर रहा था?" मंत्री ने एक पक्ष रखा। राजा ने मंत्री की शंका को स्वीकार किया। जाँच करने पर पता चला कि बाण वास्तव में उनका नहीं था।

"अवश्य ही वहाँ कोई और भी उपस्थित था पर कौन? और जो भी था, उसे यह ज्ञात होना चाहिए था कि यह राजा के शिकार खेलने का समय है। उसे यहाँ शिकार के लिए नहीं आना चाहिए था।" राजा ने सेनापति

और कुछ सैनिकों को फिर से निरीक्षण के लिए भेजा और मृग को भी पकड़कर लाने का आदेश दिया। राजा ने वनवासी की ओर पलटकर कुछ और जानकारी लेने का प्रयास किया। "कौन था वह जिससे तुम उस मृग की रक्षा कर रहे थे?"

"कोई शिकारी था। मैं अपने समक्ष एक पशु की हत्या होते कैसे देख सकता था!"

"और यदि केवल हम ही शिकारी होते तो?"

"तो भी मैं यही करता।" यह सुनकर राजा ने मंत्री की ओर देखा। आँखें बता रही थीं कि वह अपने पूर्व निर्णय को ही सही मान रहा था।

"क्या अब कुछ कहना चाहेंगे महामंत्री? क्या यह राजापराधी नहीं हुआ?" राजा को विश्वास था कि अब महामंत्री के पास कोई उत्तर नहीं होगा।

"लेकिन तुम ऐसा क्यों कर रहे हो?" मंत्री ने सीधा घायल वनवासी से प्रश्न किया।

"प्रकृति के लिए। संरक्षण के लिए। अहिंसा...।" वह धीरे-धीरे ही बोल पा रहा था। पर राजा ने उसकी बात काट दी।

"ओह! वही काल्पनिक और निराधार बातें। मूर्ख! क्या तुम नहीं जानते, प्रकृति और धर्म उसका ही है जो बलवान है।" राजा ने अपनी बाहें और कंधे थपथपाते हुए कहा।

"जानता हूँ राजन्, और यह भी जानता हूँ कि प्रकृति बलवान को रक्षा का दायित्व भी देती है।"

"तो तुम रक्षा करके स्वयं को हम से, एक राजा से, अधिक बलवान प्रमाणित करना चाहते हो?" राजा ने अब आत्मसम्मान पर बात ले ली।

"नहीं राजन्। पर जब बलवान अपना दायित्व भूल जाए तो किसी को तो निभाना पड़ेगा। और एक निरस्त्र मृग से अधिक बल तो मैं रखता ही हूँ।" वनवासी का यह उत्तर राजा को स्वीकार्य नहीं था।

"कोई मनुष्य होता तो मान भी लेते, पर एक पशु के लिए अपना जीवन ही दे देना कौन सी बुद्धिमानी है?"

"उद्देश्य जीवन बचाना था प्राण त्यागना नहीं। दुर्भाग्य कह सकते हैं।"

"निर्बल और अतार्किक जन ही भाग्य को दोष देते हैं।" राजा ने घृणापूर्वक कहा।

"अतार्किक, मैं? कैसे?"

"क्यों क्या यह अतार्किक नहीं है कि तुम एक ऐसे पशु की रक्षा के लिए अपने प्राण संकट में डाल रहे हो, जिसे कभी भी कोई भी मार सकता है। संयोग से तुम उस समय वहाँ उपस्थित थे। यदि नहीं होते तो? और क्या हर दिन, हर समय, हर स्थान पर उपस्थित रह सकते हो?" राजा ने तर्क किया।

"नहीं।"

"फिर कैसे रोक सकोगे?"

"नहीं रोक सकूँगा।" वनवासी ने निराशा जताई।

"मानते तो हो जो निश्चित है वही होगा। उसे तुम रोक नहीं सकते।" राजा अपनी विजय पर मुहर लगा देना चाहता था।

"निःसंदेह। लेकिन यदि मेरे द्वारा रोका जाना ही लिखा हुआ हो तो?"

"अर्थात्?"

"अर्थात्, मैं हर समय हर स्थान पर उपस्थित नहीं हो सकता, किन्तु

उस समय उस स्थान पर था, जब मृग संकट में था। यदि उसका मारा जाना निश्चित था तो शिकारी या आपके द्वारा यह हो ही जाता। किसी अन्य समय ऐसा ही होना था। क्या प्रकृति ने मुझे वहाँ इस लिए ही तो नहीं पहुँचाया कि मैं उसे बचा सकूँ? क्या मेरी उपस्थिति का कारण यही नहीं हो सकता है?" वनवासी पीड़ा में था पर अपने तर्क एवं मान्यता पर अडिग था। उसकी बातें सुनकर मंत्री भी सोच में पड़ गए। राजा को भी विचारों में नवीणता दिखी। उसने और समझना चाहा।

"क्या तुम यह कहना चाहते हो कि प्रकृति ने तुम्हें उसकी रक्षा के लिए भेजा था?"

"हो सकता है। परन्तु जब तक परिणाम स्पष्ट न हो जाएँ, तब तक कारण भी विवादास्पद ही रहता है।"

"यदि तुम्हारी बात मान भी लें, तो इतने वनचर जिनका मैंने या किसी ने शिकार किया हो, उनके लिए तुम क्यों नहीं पहुँचे? क्या प्रकृति को वे प्रिय नहीं थे? या यह कोई विशेष स्वर्ण मृग समान था?" राजा ने कुछ सोच कर प्रश्न किया।

"इसका उत्तर तो मैं नहीं दे सकता। उनका भाग्य...।"

"आहा, फिर वही भाग्य! कायर हो और साहसी दिखना चाहते हो। तर्कहीन हो और विद्वान दिखना चाहते हो। असफल हो जाओगे तो भाग्य की बात करोगे। अब तक मुझे तुम्हारी बातें फिर भी विचारणीय लग रही थीं पर सत्य यही है कि तुम दण्ड से बचने के लिए कुतर्क कर रहे हो। तुमने हमारा बहुत समय नष्ट कर दिया। मेरे सैनिक शिकारी को लेकर आते ही होंगे, मरणोपरान्त उसके साथ ही यह सब दार्शनिक वाद-विवाद करना।" राजा ने खड्ग उसकी गर्दन के पास लगा दी।

द्वारपाल ने सेनापति के आने की सूचना दी। राजा ने उसे भीतर बुला

लिया।

"आओ सेनापति, उस शिकारी को यहाँ ले आओ। उस मृग को भी। तीनों का 'भाग्य' यहीं लिख देता हूँ, सबकी उपस्थिति में ही।"

"महाराज क्षमा करें, वहाँ कोई शिकारी नही मिला। हमारे पहुँचने से पहले ही भाग चुका था।" सेनापति ने सर झुकाकर कहा।

"कोई बात नहीं, उसे फिर पकड़ लेंगे। उस मृग को तो लाए होंगे?"

"वह मृग... वह... उसे तो सिंहनी ने पहले ही दबोच लिया।" उसका कथन सुनकर सब ही आश्चर्यचकित हो गए। राजा हँसने लगा।

"यह सुनो अहिंसा के ध्वजवाहक! जिस प्रकृति का नाम लेकर तुम उस मृग के रक्षक बन रहे थे, उसकी ही बनाई एक रचना ने उसका भक्षण कर लिया। अब वह किसी सिंह का भोजन बन चुका होगा। तुम्हारा बलिदान तो व्यर्थ हो गया। अब मरते समय तो सत्य को स्वीकार लो। तुम्हारी उपस्थिति का न तो कोई अर्थ था, न कोई मूल्य।" राजा ने निर्णय सुना दिया। उसकी अपेक्षा के विरुद्ध रक्षक के चेहरे पर एक मुस्कुराहट उभरी।

"मैंने कहा था न राजन्, कारण सदैव परिणाम पर निर्भर रहता है - अपने औचित्य के लिए मुझे मेरी उपस्थिति का कारण मिल गया है। तुम्हें तुम्हारी उपस्थिति का कारण मिला?"

"स्पष्ट कहो, क्या कहना चाहते हो?" राजा की हँसी रुक गई।

"मैं वहाँ स्वेच्छा से उपस्थित नहीं था। परन्तु धर्मानुसार जो उचित लगा वही किया। यह नहीं सोचा कि मेरे न होने से क्या होता, बल्कि यह सोचा कि हूँ तो कोई कारण ही होगा। मृग सिंह का भोजन है। यदि शिकारी ले जाता तो वह उसके चर्म का प्रयोग या व्यापार कर अपना घर चलाता पर सिंह भोजन से वंचित रह जाता। अवश्य ही मेरी उपस्थिति सिंह तक

भोजन पहुँचाने की थी। यही उस मृग का भी भाग्य रहा होगा। यदि शिकारी नहीं होता तो मैं उसे बचाने का प्रयास नहीं करता और राजन्, वह तुम्हारा शिकार हो जाता। अर्थात् मेरे और शिकारी की उपस्थिति ने उसे तुमसे बचा लिया है। अब क्या तुम बता सकते हो कि तुम्हारी उपस्थिति का भी औचित्य...?" वनवासी बोलते-बोलते अचेत हो गया। परन्तु अब राजा विचारों में उलझ गया। वह धीमी चाल के साथ शिविर के बाहर निकला और वन को देखते हुए निष्प्राण सा खड़ा रहा। मंत्री भी पीछे-पीछे आ गए। कुछ देर शान्ति रही।

"क्या सोच रहे हैं महाराज?" मंत्री ने चुप्पी तोड़ी।

"क्या आपको उसकी बातों में सत्य दिखता है? क्या आपको अपनी उपस्थिति का कोई कारण दिखता है?" राजा ने भारी मन से पूछा।

"महाराज मुझे लगता है कि मेरी उपस्थिति केवल आपको उसकी हत्या करने से रोकने के लिए थी।"

"और मेरी?"

"संभवतः शिकारी द्वारा दिए घात का उपचार करवाकर इस वनवासी को बचाने के लिए...।" मंत्री ने यह कहा ही था कि शिविर के भीतर से एक सैनिक ने आकर वनवासी की मृत्यु का संदेश दिया। राजा ने मंत्री की ओर प्रश्नपूर्वक देखा। मंत्री ने सर झुका लिया।

"महामंत्री, यदि मैं वहाँ नहीं होता तो भी वह मारा ही जाता, अब भी हम उसे बचा नहीं पाए। मृग भी मेरे हाथ न लगा। उसका भी अंत वैसा ही हुआ जैसा मेरे न रहने से होता। तो मेरे होने या न होने में क्या अंतर है? क्या मैं इसका यह अर्थ समझूँ कि मेरी, एक राजा की, कोई प्रासंगिकता नहीं? कोई औचित्य नहीं? क्या मेरा अस्तित्व ही निरर्थक है महामंत्री?" राजा ने ग्लानिपूर्ण स्वर में कहा। मंत्री उसे हतोत्साहित नहीं देख सकते थे।

"ऐसा न कहें महाराज, यदि आप न होते तो हमें यह नया दृष्टिकोण कैसे मिलता? ज्ञान भी तो उतना महत्त्वपूर्ण है जितना कि प्राण। आपकी उपस्थिति का यही कारण था कि आप इस ज्ञान को जानकर इसे नष्ट होने से बचा लें और हम तक भी इसको पहुँचा सकें। आपकी उपस्थिति निरर्थक नहीं है महाराज।" मंत्री की बात से राजा का बोझ कुछ कम हुआ।

वनवासी की मृत्यु पर एक दिन के राजशोक की घोषणा कर दी गई।

* * *

कहानी पढ़कर रसिका के मन पर भी विचारों की बाणवर्षा होनी लगी। अपनी उपस्थिति के विषय में कोई साधारणतः इस प्रकार नहीं सोचता। न ही गंभीर ही होता है। फिर उसके लिए तो पूरी प्रक्रिया ही नवीण थी।

"क्या मेरी उपस्थिति का भी कोई अनसुलझा रहस्य है? क्या मेरे समक्ष जो घटित होता है, वह मेरे लिए कोई संकेत है? लेकिन ऐसा होगा भी तो मुझे कैसे पता चलेगा? जो किया वह सही होगा या जो नहीं किया वह मुझ पर बोझ बनकर सताएगा?" उसने कुछ देर के लिए आँखे बंद कर लीं ताकि अपने समक्ष एवं अपने साथ घटित होने वाली घटनाओं पर मनन कर सके और किसी निष्कर्ष पर पहुँच सके।

प्रतिदिन होने वाले कुछ नियमित प्रकरण उसे दिखाई और सुनाई दे रहे थे। घर के बाहर गली में खेलते हुए बच्चों का कोलाहल। उन्हें डाँटते बड़े लोग। पिटने और रोने का शोर। उनकी गेंद मकानों की दीवारों व खिड़कियों को अपना परिचय देती रहती थीं जो अवश्य ही उनके निवासी पसंद नहीं करते थे। पर डाँटने-डराने के प्रयास सदैव विफल रहते और बचकर भागने के कुछ देर बाद ही वे हठी बच्चे फिर लौट आते। प्रतिदिन एक दूसरे से लड़ते भी, अपनी माँओं को उस लड़ाई में ले आते। वे भी उनके लयहीन सुर में

सुर मिलातीं। फिर अगले दिन ऐसे साथ खेलने लगते जैसे पिछले दिन कुछ हुआ ही न हो! न तो उनको गली में खेलने से रोकने की कोई युक्ति थी और न ही इस कोलाहल से बचने का कोई हल ही रसिका के पास था।

वह घर से बाहर निकलती तो नाली के पानी में भीगी हुई गेंद उसका स्वागत करती। वह चिल्लाती-बड़बड़ाती आगे बढ़ जाती और कभी गेंद हाथ में आती तो वहीं कूड़ेदान में डाल देती। यह उपाय भी किसी काम न आता क्योंकि बच्चों को उसमें से भी गेंद निकालने में कोई आपत्ति नहीं थी। वास्तव में कूड़ेदान स्वच्छ ही रहता था और अपने प्रयोग किए जाने की विनती-सा करता था। उसे देखकर उन सभी लोगों पर बरस पड़ने का मन करता था जो उसके आस-पास कूड़ा फेंकते थे, बस उसमें नहीं। उसके पास से होकर निकलना रसिका की विवशता ही थी, जिसके कारण उसे अपने आँख और नाक भी बोझ ही लगते। मन में घृणा की भावना दबाए वह आगे बढ़ जाती।

आगे की राह भी कोई विशेष मनमोहक नहीं थी। गली के मोड़ पर खड़े फल, चाट आदि के ठेले और उन से सटे इक्का-दुक्का ग्राहक उसके चलने योग्य मार्ग को और कम कर देते थे। फिर उन से कुढ़ती हुई और सड़क पर फेंके हुए छिलकों, दोनों, पन्नियों और पत्तों से पैर बचाती हुई वह किसी तरह मुख्य सड़क तक पहुँचती। मुख्य सड़क पर सरकारी दंड चल जाया करते थे इसलिए वह इसकी तुलना में कुछ अच्छी स्थिति में ही थी। पर दिन भर चिड़चिड़ा रहने के लिए इतना ही पर्याप्त था। अन्य लोग कैसे ऐसी स्थिति में रह पा रहे हैं, यह वह कभी समझ नहीं सकी।

यूँ तो प्रतिदिन ही उसको यह सब झेलना पड़ता था, किन्तु आज पहली बार उसने अपनी भूमिका को जानना चाहा।

"मेरे साथ ही ऐसा क्यों होता है?" यह प्रश्न अब उलाहना नहीं बल्कि

प्रासंगिकता के सापेक्ष में उठ रहा था। अब वह दोष देना नहीं बल्कि कारण समझना चाहती थी। "लोग तो वहाँ और भी रहते हैं, फिर मुझे ही इतना कष्ट क्यों होता है? क्या मेरे वहाँ न होने से उस स्थिति में कोई अंतर आएगा? लेकिन मेरे होने से भी तो कुछ प्रभाव नहीं दिखता है। क्या मेरे मना करने से बच्चे आज तक रुके हैं? क्या कूड़ा मेरी उपस्थिति से घबराकर आप ही कूड़ेदान में चला जाता है? ऐसा तो कभी नहीं होता!" आज ठेले वालों का भी चेहरा उसके मन में प्रकट हो रहा था। वे कुछ विवश दिखाई देते थे। जिनके लिए वह बुरा सोचा करती थी, आज उन पर ही सहानुभूति थी। उसे अपने दृष्टिकोण में हो रहे परिवर्तन का भान नहीं था अतः वह इसी उलझन में थी कि यह सब विचार अब क्यों आ रहे हैं।

भले ही ये सब घटनाएँ उसके दैनिक जीवन का भाग रही हों, और वह इतना न सोचा करती हो, पर अब जबकि विचार आ ही गए हैं तो उनको अनदेखा नहीं किया जा सकता था।

"यदि वनवासी की मानें तो मेरी उपस्थिति का भी कोई कारण तो होना चाहिए लेकिन मेरे चिल्लाने और आँखें दिखाने से तो कुछ सुधार होता नहीं है। और मैं कर ही क्या सकती हूँ? न तो मैं कोई अधिकारी हूँ, न गली की मुखिया और न ही कोई प्रख्यात व्यक्ति जिसकी लोग बात मानें। और ऊपर से इस ढीठ जनता को सलाह देना या उसे जागरूक करना, यहाँ तक कि विनती करना भी अपना सर तोड़ने जैसा है। जिन्हें स्वयं ही गंदी और तनावपूर्ण परिस्थितियों में रहना स्वीकार्य है, वे मेरे कहने से क्यों श्रम करेंगे! उनके लिए तो ये स्वर्ग समान है।" वह सोचती रही और चिढ़ती रही।

बहुत देर तक चिन्तन करने के बाद भी उसे कोई उत्तर नहीं मिल रहा था।

"लगता है मैं इतना सोचकर अपना ही समय नष्ट कर रही हूँ। कुछ कर

सकती नहीं, उलटा गली वालों से लड़ती फिरूँगी तो घरवाले और सुनाएंगे। उन्हें चार सुनाएंगे मुझे आठ! लेकिन... फिर मेरे समक्ष यह सब क्यों होता है? क्या मेरा होना ही निरर्थक है? क्या कुछ कर सकने के लिए शक्तिशाली होना ही आवश्यक है? शक्तिशाली कौन है? क्या वह वनवासी शक्तिशाली था? न तो वह राजा से ही लड़ा और न शिकारी से ही। फिर भी दोनों से जीत गया। उसने केवल अपने मार्ग पर चलते हुए परिस्थिति अनुसार निर्णय लिया और अंत में अपनी उपस्थिति को अर्थपूर्ण भी प्रमाणित कराया। उसने किसी से वाद-विवाद नहीं किया, किसी को समझाने का भी प्रयास नहीं किया, बस अपना कर्म किया और प्रकृति के निर्णय को स्वीकार कर लिया...।" रसिका को अब जैसे एक प्रकाश सा दिख रहा था।। "मैं लोगों को, बच्चों को समझाने और बदलने का सोच रही थी, लेकिन वनवासी ने ऐसा कुछ नहीं किया। अंततः राजा ने ही उसकी बात को स्वीकार किया। क्या मुझे भी ऐसा कुछ करना चाहिए? क्या मेरा आचरण अनुकरणीय होगा? लेकिन मैं ऐसा क्या करूँ?" इस प्रकार वह बहुत देर विचारों में मग्न रही। समय अधिक हो चुका था इसलिए अध्यक्ष महोदय भी नहीं मिलते। अपने आप से विचार-विमर्श करते-करते वह एक निष्कर्ष तक पहुँची।

* * *

"मैं आपसे एक सलाह लेनी चाहती हूँ, क्या आप मेरी सहायता करेंगे?" रसिका ने आशापूर्ण स्वर में कहा। वह अपने प्रयास कर लेने के उपरान्त आज अध्यक्ष महोदय से परामर्श करने आ ही गई थी। वे भी उसकी विनम्रता से प्रभावित हुए।

"हाँ, क्यों नहीं! आओ बैठो।" उन्होंने अपना कार्य रोकते हुए कहा। रसिका ने बैठकर कहानी एवं उसके बाद मन में उमड़े विचारों का विस्तारपूर्वक वर्णन किया। "तो हमारी नायिका अब मनन भी करने लगी है।

यह तो प्रशंसनीय बात है। फिर तुमने आगे क्या किया?" अध्यक्ष महोदय ने रुचि दिखाई।

"मैंने सबसे पहले सरलतम कार्य को चुना। मैं बच्चों से बिना लड़े आगे बढ़ी। उनकी गेंद भी आई तो उन्हें दिखाते हुए कूड़ेदान के पास पड़ा कचरा उसमें डाल दिया और गेंद उनकी ओर मुस्कुराते हुए वापस फेंक दी। परसों शाम, कल सुबह और कल शाम को ऐसा दोहराने से, मुझे लगता है, उन पर अच्छा प्रभाव पड़ा। क्योंकि आज जब मैं आ रही थी तब देखा कि वो बच्चे अपना खेल छोड़कर मेरे साथ स्वच्छता के कार्य में जुड़ गए। एक ने पानी लाकर हाथ भी धुलवाया। एक अलग ही प्रसन्नता का अनुभव मैंने किया। ऐसा प्रतीत हुआ मैंने अपनी उपस्थिति को सार्थक किया है। मुझे यह भी आशा है कि अब बच्चे भी संभल कर खेलेंगे ताकि आस पास लोगों को परेशानी न हो और शोर कम हो।" रसिका ने अपनी योजना और उसके पालन का एक सकारात्मक अनुभव साझा किया।

"यह तो बहुत अच्छी बात है, फिर समस्या क्या है?" अध्यक्ष महोदय ने आगे जानने की इच्छा प्रकट की।

"जैसा कि मैंने आपको बताया कि वहीं फल वाले भी खड़े रहते हैं। उन्हें देखकर दया की सी भावना उत्पन्न होती है। परन्तु कुछ समझ नहीं आता क्या ही कर सकती हूँ। अब मैं कोई इतनी धनवान तो नहीं हूँ कि कुछ आर्थिक सहायता ही कर सकूँ। फिर वहाँ लोगों को मोलभाव करते हुए देखती हूँ तो और बुरा लगता है। इसलिए प्रयास किया कि उनके सामने अच्छे से बात करते हुए पूरे पैसे देकर फल लूँ, लेकिन मुझे कोई प्रभाव पड़ता दिखता नहीं है। घर पर डाँट पड़ती है सो अलग! अब मुझे समझ नहीं आता कि क्या करना चाहिए। क्या आप मुझे कोई सुझाव दे सकते हैं?" रसिका ने मन की व्यथा सुना दी। उसे आशा थी कि अध्यक्ष महोदय कोई हल तो निकाल ही लेंगे।

“तुम्हारी करुणा प्रशंसा योग्य है, इसमें अहंकार के बीज क्यों बोना चाहती हो?”

“जी? मैं समझी नहीं।”

“तुम किसी का भला करना चाहती हो यह अच्छी बात है। तुमने अपनी ओर से प्रयास भी किया। इसके लिए मैं तुम्हें बधाई देता हूँ। लेकिन तुम्हारा यह सोचना कि किसी का भविष्य या भाग्य तुम्हारे प्रयासों पर ही निर्भर करता है, मुझे यह उचित नहीं लगता है। अपने भाग का कर्म करके हमें आगे बढ़ जाना चाहिए, ऐसा मेरा मानना है।” अध्यक्ष महोदय ने अपना दृष्टिकोण प्रदान किया।

“लेकिन..., मेरे कुछ करने से भी प्रभाव न पड़े तो क्या मेरी उपस्थिति पर प्रश्न खड़ा नहीं हो जाएगा? अब तक मैं ऐसा नहीं सोचती थी, पर अब क्या करूँ जब यह बात मन में घर कर गई है और मुझे तंग कर रही है?” रसिका अब भी उलझन में थी।

“लगता है तुमने कहानी को शाब्दिक अर्थों में ले लिया है और उसके तत्त्व को खो दिया है। तुम्हारी उपस्थिति के कारण का जो अर्थ तुमने निकाला है, ऐसा आवश्यक तो नहीं कि वह सही ही हो। जिस प्रकार वनवासी हिरण की जान बचाने को अपनी उपस्थिति का कारण मानकर कर्म करता है, उस प्रकार तुमने भी अपना कर्म किया। लेकिन कहानी के अंत में उसे एक नई जानकारी मिलती है, और वह उससे भी अपने कार्य को जोड़ ही लेता है। यह संभव है कि तुम भी ऐसे ही किसी बात से अपरिचित हो और कहानी के अंत में, यानी समय आने पर उसका आभास हो जाए। इसलिए मुझे लगता है कि तुम व्यर्थ ही चिन्ता कर रही हो।” अध्यक्ष महोदय ने कहानी के मर्म को समझाने का प्रयास किया। रसिका कुछ देर चुप रहकर सोचने लगी।

“मैं आपकी बात को मानना चाहती हूँ लेकिन मेरी एक और समस्या

है।" रसिका ने चुप्पी तोड़ी।

"निःसंकोच होकर कहो।"

"इस संदर्भ में आपकी बात मान सकती हूँ, क्योंकि मैंने प्रयास किया है। किन्तु मेरे पड़ोस में और भी लोग रहते हैं। कभी-कभी उनके पारिवारिक झगड़ों का शोर मेरे कानों में पड़ता है। सोच रही हूँ कि उनको समझाने का प्रयास करूँ लेकिन क्या यह उनके निजी जीवन में टाँग अड़ाना नहीं होगा।"

"हाँ, बिल्कुल हो सकता है।"

"फिर मैं क्या समझूँ? यदि मैं प्रयास भी नहीं करती हूँ तो मेरे होने का क्या लाभ? क्या यह अनुचित नहीं? मुझे अपनी सार्थकता पर संकट दिखने लगता है।" रसिका ग्लानि का अनुभव कर रही थी।

"ओह! विचार करना अच्छी बात है लेकिन अति विचार करना हानि पहुँचा सकता है। तुम्हें यह समझना होगा कि हर बात तुम्हारे हाथ में नहीं है। अतः जो अधिकार क्षेत्र के बाहर हो और जिसके लिए सामर्थ्य न हो उसको न कर पाने का दोष अपने पर नहीं लेना चाहिए। पहले अपने सामर्थ्य और अधिपत्य को बढ़ाना चाहिए फिर ही कुछ किया जा सकता है। ध्यान रहे वनवासी ने पहले लड़ाई या विवाद नहीं किया, परंतु बाद में उसे राजा के समक्ष अपनी बात रखने का अवसर अवश्य मिला जिसका उसने प्रयोग किया।"

"लेकिन तब तक क्या करूँ?"

"कभी-कभी उपेक्षा करना भी सहायक होता है...।" अध्यक्ष महोदय की बात सुनकर रसिका के चेहरे पर मिश्रित भाव उत्पन्न हुए पर वह कुछ बोली नहीं। पर वे भाँप गए। "...और राजा की भांति यह समझ लेना चाहिए कि कभी-कभी हमारी उपस्थिति केवल कुछ नया सीखने के लिए होती है।

वैसे सीखने के यहाँ और भी स्रोत हैं...।" अध्यक्ष महोदय ने उसकी अंतिम उलझन को भी उसके बिना बोले दूर कर दिया। वह पूर्ण रूप से सहमत तो नहीं थी लेकिन उसके पास उस समय कोई प्रतिप्रश्न भी नहीं था। उसने झिझकते हुए स्वीकृति में सर हिला दिया और आभार व्यक्त कर अपनी यात्रा के अगले पड़ाव की ओर बढ़ गई।

अध्याय
पाँच

रसिका अब पहले से कहीं अधिक समय पुस्तकालय में बिताने लगी थी। उसका बैठने का स्थान भी लगभग तय ही था। जहाँ कोई आकर न ही बैठे और न ही उसको किसी प्रकार से तंग ही कर सके। किसी से मिलने में उसे कोई रूचि नहीं थी । कभी-कभी तो वह अपने स्थान से घंटों न हिलती। यह उसका पुस्तकों के प्रति प्रेम ही था या कुछ और, यह तो वह ही बता सकती थी, लेकिन उसके चेहरे पर आते हुए भाव इतना स्पष्ट करते थे कि शान्ति केवल उसके वातावरण में ही थी अंतर्मन में नहीं।

ऐसे ही एक दिन बैठे-बैठे कब रात के दस बज गए यह उसे पता नहीं चला। एकाएक उसको अनुभूति हुई कि कोई उसके पास उपस्थित है। उसने सर उठाकर देखा और तुरन्त पहचान लिया।

"अरे, आप? यहाँ? इस समय?" उसने घड़ी की ओर देखकर आश्चर्य से पूछा।

"क्यों? क्या मैं यहाँ नहीं आ सकता?" अध्यक्ष महोदय ने प्रतिप्रश्न किया।

"जी, आप तो अध्यक्ष हैं, कहीं भी, कभी भी बैठ कर पढ़ सकते हैं, पर आप को इस समय तक रुके देखने की कल्पना नहीं की थी।" रसिका का प्रश्न अनुचित नहीं था। अध्यक्ष महोदय नियमित रुप से छः बजते ही चले जाया करते थे। किसी के लिए भी यह स्वीकारना कठिन था कि वे रात तक भी रुक सकते हैं।

"ठीक कहती हो। मैं कुछ भूल गया था इसलिए लौटकर आना पड़ा। वैसे आशा तो मैंने भी नहीं की थी कि जो युवती पुस्तकों के नाम से भी चिढ़ती थी वह आज उन्हीं में मग्न है। क्या आज कुछ विशेष पढ़ रही हो?"

"नहीं, ऐसी बात नहीं है। मैं तो बहुत दिनों से ही देर तक रुक रही हूँ।"

"वाह! क्या हमारी नायिका को पुस्तकालय इतना भा गया है?" अध्यक्ष महोदय के प्रश्न पर रसिका ने आँखें झुका लीं और इधर उधर देखने लगी। "लगता है कुछ और बात है। यदि बताना चाहो तो बता सकती हो।" वह अभी भी चुप रही। "ठीक है, यदि तुम नहीं बताना चाहतीं तो मैं दबाव नहीं डालूँगा। पर अब रात बहुत हो गई है, घर जा कर आराम कर लेना ही इस समय उचित होगा। तुम्हारे घर वाले भी तुम्हारी चिंता कर रहे होंगे।"

"क्या आपको मेरे घर से किसी ने संपर्क किया?" रसिका ने संदेहपूर्वक पूछा।

"नहीं तो। क्यों करना चाहिए था क्या?"

"नहीं, नहीं। जाने दीजिए।"

"अच्छा ठीक है, लेकिन फिर भी तुमने मेरे प्रश्न का उत्तर नहीं दिया।" अध्यक्ष महोदय इतना तो समझ ही गए थे कि बात कहीं न कहीं घर से जुड़ी है, लेकिन उन्होंने सीधा पूछना उचित नहीं समझा।

"आपके विचित्र नियमों के कारण।" रसिका ने पुस्तक को बंद करते

हुए कहा।

"मेरे नियम?"

"हाँ, और क्या! आप ही का तो नियम है कि पुस्तक घर नहीं ले जा सकते। तो फिर बताइए, यहीं तो बैठे रहना पड़ेगा ना?"

"अरे! तो ये नियम तो नहीं है न कि पूरा दिन पुस्तकें ही पढ़नी है या किसी उपन्यास को एक ही दिन में पूरा करना है? समय लो। कुछ अगले दिन के लिए भी छोड़ा जा सकता है।" अध्यक्ष महोदय ने असहमति जताई।

"लेकिन यदि कोई घर ले जाए तो उसमें क्या आपत्ति है? खोने या चोरी होने का डर है तो शुल्क लेकर रख लीजिए। पर ऐसे निरर्थक नियम तो न बनाइए।"

"कोई नियम निरर्थक नहीं होता, कोई कारण अवश्य होता है। जिससे सबका लाभ हो।"

"और इस नियम से किसी का क्या लाभ हो रहा है?" रसिका अब भी सहमत नहीं थी।

"मैं यह चाहता हूँ कि लोग कुछ समय अपने परिवार के साथ भी बिताएँ। वे भी हमारे समय के उतने ही अधिकारी हैं जितना कि हमारा कार्य या रुचियाँ हैं। यहाँ बैठकर भी कोई पुस्तकें पढ़े, फिर घर ले जाकर भी वही करे तो परिवार के लिए समय कब मिलेगा? और थोड़ा-बहुत मिल भी गया तो अपने लिए तो विरले ही बचेगा।"

"ओह, तो आप को लगता है कि कोई पुस्तक नहीं पढ़ेगा तो घर वालों को ही समय देगा, कुछ और नहीं करेगा!"

"नहीं, उस समय को नष्ट करने के लिए तो कोई कुछ भी कर सकता है, लेकिन मैं उसका भागीदार नहीं बनना चाहता। जिस परिस्थिति में मैं कोई

सकारात्मक योगदान नहीं दे सकता उसमें नकारात्मक भी नहीं देना चाहता। यदि जानबूझकर नहीं बिगाड़ा गया, तो सुधार की संभावनाएँ बनी रहेंगी। मैं आशा की किरणों के लिए खिड़कियाँ सदा खोलकर रखता हूँ।" अध्यक्ष महोदय अडिग थे। पर रसिका भी हार स्वीकारने वालों में से नहीं थी।

"तो आप कभी अपनी खिड़कियों से बाहर झाँककर देखिए, यह आवश्यक नहीं किसी का घर रहने योग्य हो या उनका परिवार उनके समय के योग्य। उस समय को काटने के लिए ही तो मैं पुस्तक लेकर..., छोड़िए। मुझे अब भी नहीं लगता आपका नियम उचित है।" रसिका की रुकी हुई बात ने अध्यक्ष महोदय की शंका की पुष्टि कर दी।

"लेकिन ऐसे काम तो नहीं चलेगा न। कैसे भी हो रहना उन्हीं के साथ है कब तक यहाँ रुकी रहोगी? प्रतिदिन सुबह को घर से निकल जाना और रात को जाकर बस सो जाना कितना उचित है? घर का प्रयोग धर्मशाला के जैसे भी तो नहीं कर सकते न।"

"ओह! आप भी मेरे पिताजी जैसे ही हैं। पहले पीछे पड़े थे यहाँ आने के लिए और अब आ रही हूँ तो फिर टोकते हैं कि पूरा दिन यहीं क्यों रहती हूँ। मुझे तो समझ नहीं आता कि आप लोग चाहते क्या हैं!" रसिका की कुंठा उसके स्वर और शब्दों में स्पष्ट देखी जा सकती थी।

"भला ही चाहते हैं सब।"

"रहने दीजिए, इतना भला चाहते तो हर समय तंग नहीं करते। भला तो केवल बाहर वालों को दिखाने के लिए किया जाता है। घर में तो...। और आप भी उनमें ही जुड़ गए अब!" इस बार निराशा अधिक प्रबल थी। दोनों कुछ देर मौन रहे।

"ठीक है, आप नहीं चाहते न मैं यहाँ आया करूँ, तो कल से नहीं आती हूँ।" रसिका ने उठते हुए कहा।

"रुको। बैठो, मैं ही चला जाता हूँ। मेरा उद्देश्य तुम्हें यहाँ आने से रोकना नहीं था। पुस्तकें पुस्तकालय की धरोहर हैं, लेकिन ज्ञान पर किसी का एकाधिकार भी नहीं है। अध्यक्ष होते हुए मैंने जो उचित समझा उसके अनुसार नियम बनाए हैं। तुम्हारी या किसी की भी असुविधा के लिए नहीं। लेकिन नियमों की प्रासंगिकता तब ही है जब उनको समझा जाए और अपनाया जा सके। अन्यथा वे केवल विरोध को ही जन्म देते हैं। यही सोचकर समझाने का प्रयास कर रहा था। मुझे विश्वास है कि नायिका यह बात ग्रहण कर ही लेगी। अभी तुम्हारा समय नष्ट किया उसके लिए क्षमा चाहूँगा।" अध्यक्ष महोदय स्वयं ही उठकर वहाँ से चले गए। रसिका को पहली बार उनकी बातों में दुःख की झलक दिखी। उसने कुछ देर वहीं खड़े-खड़े पूरे घटनाक्रम का आंकलन किया।

* * *

"मैं अपने कल के व्यव्हार के लिए क्षमा चाहती हूँ।" रसिका सुबह सीधा अध्यक्ष महोदय के कक्ष में जा पहुँची। "वो... आप तो जानते ही हैं कि मेरी बुद्धि में बातें थोड़ी देर से जाती हैं। आप मेरी सहायता करना चाहते थे, और मैं आप ही को शत्रु के रूप में देख रही थी।"

"कोई बात नहीं।" अध्यक्ष महोदय ने वही परिचित शान्त मुद्रा चेहरे पर रखी। उन्हें देखकर ये कहना कठिन था कि कुछ घंटों पूर्व ही उनसे किसी ने बुरा बर्ताव किया हो।

"कोई बात कैसे नहीं? मुझे तो लगा था कि आप मुझ से बात भी करना छोड़ देंगे। आपके इतना समझाने पर भी मैंने आपकी बात जो नहीं मानी।"

"नहीं। ऐसा कुछ नहीं होगा। मैं केवल अपना कहा मनवाने के लिए बात नहीं करता हूँ। तुम सौ विषयों पर भी मेरा कहा अनसुना कर दोगी तो

भी मैं सामान्य बात तो करता ही रहूँगा।"

"फिर भी! मेरे व्यवहार से तो क्रोधित हो ही जाना चाहिए था न आपको? ओह! हाँ, मैं भूल ही गई थी कि आप मान-अपमान से ऊपर उठ चुके हैं।"

"ये प्रशंसा थी या कटाक्ष?" अध्यक्ष महोदय ने आँखे तिरछी करके पूछा।

"प्रशंसा ही थी। कटाक्ष भी होता तो आपको बुरा कहाँ लगता!"

"हाँ, बस सामान्य जानकारी के लिए पूछ रहा था।" दोनों हँस पड़े। रात के भीषण विवाद के बाद इस प्रकार का शीतल वार्तालाप एक विवेकशील व्यक्ति के साथ ही किया जा सकता था।

"प्रशंसा ही थी। एक आप ही तो हैं, जो मुझे प्रशंसा और सम्मान योग्य लगते हैं। वरना घर में तो..., जाने दीजिए।" वह फिर सब कुछ दोहराना नहीं चाहती थी। पर उसकी बातों से अध्यक्ष महोदय जान गए थे कि वह अभी भी उनके विचारों से सहमत नहीं है। उन्हें ऐसी ही अपेक्षा थी।

"सम्मान योग्य तो वैसे और लोग भी हैं, पर तुम स्वीकारना नहीं चाहतीं।"

"यदि आपका संकेत मेरे माता-पिता कि ओर है तो मैं आपको बता दूँ कि मेरा निर्णय कोई एक दिन में नहीं बना है। बाहर वालों के लिए भले बनते होंगे पर मेरे लिए बिल्कुल नहीं। आप से बोल लेती हूँ। घर पर तो बोलने की भी स्वतंत्रता नहीं है।" एक बार फिर रसिका के चेहरे की चमक चली गई।

"लेकिन मैंने तो कुछ कहा ही नहीं।"

"न कह कर भी आप बहुत कुछ कह देते हैं।"

"अभी तुमने कहा कि तुमने माना कि मैं तुम्हारी सहायता कर रहा था, और अभी तुमने मुझे बिल्कुल ही नकार दिया।"

"ऐसा न कहें, मैं आपसे फिर कुछ अनुचित नहीं कहना चाहती। बस अब इस विषय पर बात न करें।" रसिका किसी भी प्रकार की खींचतान से बच रही थी।

"अच्छा ठीक है।" अध्यक्ष महोदय ने एक पुस्तक निकालकर रसिका की ओर बढ़ाई। "यह तुम्हारे लिए, इसे तुम चाहो तो घर भी ले जा सकती हो।" यह सुनकर रसिका चौंक गई।

"आप मेरे लिए अपना नियम तोड़ रहे हैं?"

"नहीं, नियम यह है कि इस पुस्तकालय की कोई पुस्तक घर नहीं ले जा सकते है। यह मेरी निजी पुस्तक है, इसे चाहो तो ले जा सकती हो।" अध्यक्ष महोदय ने स्पष्ट किया।

"लेकिन क्यों?"

"कारण तुम जानती हो।"

"आप नहीं चाहते कि मैं यहाँ देर तक रुकूँ यही कारण है न?" रसिका को प्रश्न का उत्तर बिना कहे मिल गया। "मुझे ये बात समझ नहीं आ रही कि आप यदि यही चाहते हैं कि सब शाम को घर रहें तो पुस्तकालय को रात को खोलकर ही क्यों रखा है। बंद ही कर दिया करें छः बजे के बाद। आप तो वैसे भी चले जाते हैं।"

"बहुत से लोगों को देर से ही समय मिलता है। ज्ञान के द्वार बंद नहीं किए जा सकते।"

"फिर मुझ से क्या बैर है? मैं क्यों नहीं आ सकती?"

"तुम भी आ सकती हो।"

"आप की बातें और नियम, कुछ भी आपस में मेल नहीं खा रहे। कृपया स्पष्ट करें कि आप क्या चाहते हैं।" रसिका अब और पहेलियाँ नहीं बूझा सकती थी।

"बहुत सीधी सी बात है। मैं चाहता हूँ कि तुम, या कोई और भी, अपनी खुशी से यहाँ आए, न कि किसी से भाग कर। ये पुस्तकें तुम्हारा मार्ग प्रशस्त करें न कि छिपने का माध्यम बनें। ये तुम्हें सीख दे सकती हैं शान्ति नहीं। और नियमों के पीछे का सिद्धान्त मैं तुम्हें बता ही चुका हूँ।" अध्यक्ष महोदय ने पूरी बात बताई।

"अच्छा। लेकिन अब यदि ये पुस्तक मैं ले जाती हूँ तो भी तो उस सिद्धान्त का उल्लंघन ही होगा ना, घर बैठकर भी पढ़ूँगी तो...।" रसिका के तर्कपूर्ण प्रश्नों से वे बहुत प्रभावित हुए।

"हाँ, होगा।"

"फिर आप मुझे ये ले जाने के लिए क्यों कह रहे हैं?"

"लगता है अभी भी नायिका हर एक शब्द पर ध्यान देना नहीं सीखी। कोई बात नहीं। ये भी हो जाएगा।"

"एक तो आप मेरा नाम क्यों सही से नहीं लेते और क्या बोलते चले जाते हैं, मुझे तो समझ ही नहीं आता।" रसिका के लिए एक साथ कई उलझनें सुलझाना कठिन था।

"मैंने कहा तुम चाहो तो ले जा सकती हो। कोई बाध्यता नहीं है। थोड़ा पढ़कर निर्णय ले लेना। अभी तो सारा दिन पड़ा है। रही बात नियमों की तो पुस्तकालय के नियम में परिवर्तन नहीं होगा। उन्हें बहुत विचार करके बनाया गया है। फिर भी नई सोच का स्वागत है। यदि कुछ समय बाद भी

तुम्हें अपना पक्ष सही लगता होगा तो फिर हम परिवर्तन के बारे में सोचेंगे।" अध्यक्ष महोदय जानते थे कि वे क्या कर रहे हैं। और हर बार की तरह रसिका के लिए उनकी बातें पहेली जैसी ही थीं। जिसे सुलझाकर उसे कुछ नया ही अनुभव मिलता था। इसलिए वह हिचकिचाते हुए सर हिलाकर पुस्तक लेकर अपनी पसंदीदा कुर्सी की ओर पढ़ने चली गई।

* * *

कौशल्या देवी ने मंदिर में पूजा के सारे प्रबंध करवा दिए थे। वे बहुत समय से इस दिन की प्रतीक्षा कर रहीं थीं।

"मैं बहू को लेकर आती हूँ, यदि कोई सामग्री रह गई हो तो आप बता दीजिए, मैं लेती आऊँगी।"

"सब ठीक है, लेकिन हाँ, यदि आप जा ही रही हैं तो एक नारियल लेती आइएगा। आज की पूजा में नारियल का विशेष महत्त्व है।" पंडित जी ने उत्तर दिया। कौशल्या देवी ने उनकी बात स्वीकार की और घर की ओर चल दीं। रास्ते में कुछ जानकार लोगों ने उन्हें अपने घरों में हो रही पूजा के निमंत्रण को भी याद दिलाया, पर वे सबको बाद के लिए टालती हुई अपने घर पहुँच गईं।

घर पर बहू भी तैयार ही थी। हालांकि उसके चेहरे पर सास जैसी चमक नहीं थी और न ही वह उत्साहित दिखाई दे रही थी। सास के कहने पर चल तो दी थी, पर मन से उपस्थित नहीं थी। कौशल्या देवी ने आरंभ में इस पर ध्यान नहीं दिया। वह उनकी हर बात पर सर हिलाती रही या दबे स्वर में उत्तर देती रही तब उन्हें प्रतीत हुआ कि सब ठीक नहीं है।

"क्या हुआ? अच्छा नहीं लग रहा है?"

"जी नहीं, ऐसी कोई बात नहीं हैं।"

"आज की पूजा तुम्हारे लिए ही रखवाई है। तुम इतने दिनों से बीमार चल रही थी न। सोच रखा था, जैसे ही स्वस्थ हो जाओगी और बाहर चल-फिर सकोगी तो पूजा करवाऊँगी। दुःख में तो सभी ईश्वर को याद करते हैं, लेकिन ठीक हो जाने के बाद भी तो धन्यवाद करना चाहिए ना!" बहू ने फिर हाँ में सर हिला दिया। "अब आज वो शुभ दिन आ गया है तो तुम दुःखी लगती हो।"

"जी नहीं सब ठीक है।" बहू ने बनावटी मुस्कान चेहरे पर लाकर कहा। सास की अनुभवी आँखों ने उसे झट पकड़ लिया।

'ये ऐसे नहीं बताएगी, बातों-बातों में ही उगलवाना पड़ेगा।' उन्होंने सोचा।

"वैसे यदि तुम्हें इस बात का डर है कि ठीक हो जाने पर सारा काम तुम्हें करना पड़ेगा तो चिन्ता मत करो, मैं भी हूँ, और भी लोग हैं।" कुछ देर मौन के बाद कौशल्या देवी ने कहा।

"जी नहीं, काम करने से कोई परेशानी नहीं है।" बहू ने उत्तर दिया।

"कुछ भूल हो गई तो मैं डाँटूँगी भी नहीं।"

"अरे, आप थोड़ी न डाँटती हैं मुझे।"

"ओह, तो कोई और डाँटता है। तुम्हारे ससुरजी?"

"नहीं, नहीं।"

"अच्छा, अब समझी भीरु ही है जो मेरी बहू को तंग करता है।" कौशल्या देवी की इस बात पर बहू ने सर झुका लिया और कुछ नहीं बोली। "वह तुम्हें मारता तो नहीं?"

"जी नहीं। लेकिन उनकी डाँट भी मार से काम नहीं लगती। माना मैं बहुत समझदार नहीं हूँ, पर कभी भी-कहीं भी डाँट देना अच्छा है क्या? और...और हर बात पर टोक देते हैं। उनके लिए कुछ नया करने का प्रयास करती हूँ और कोई भूल हो जाती है तो फिर ग़ुस्सा करते हैं...।" उसकी आँखों में अब आँसू आने लगे थे।

"ओह! ये तो अच्छी बात नहीं है।"

"नहीं न। मुझे लगता है वो मुझे बिल्कुल नहीं चाहते।" बहू का स्वर अब बच्चों जैसा हो गया था।

"अरे, नहीं नहीं। ऐसा नहीं कहते। जब तुम बीमार थीं इतने दिन, उसने कितना कुछ किया। कई-कई रातें सोया नहीं। काम पर भी जाता था तो दिन में दस-दस बार तुम्हारा हाल पूछता - 'खाना खाया कि नहीं', 'दवाई ली कि नहीं'। कभी-कभी तो हम पर ही ग़ुस्सा कर देता था। उसका स्वभाव ही ऐसा है।" कौशल्या देवी उसका भ्रम दूर करना चाहती थीं।

"लेकिन अब तो ठीक हो गई हूँ न, अब तो सब फिर पहले जैसा हो जाएगा।"

"नहीं, ऐसा नहीं होगा।" कौशल्या देवी भी ऐसा समय अपने जीवन में देख चुकी थीं। बहू को शान्त करने के लिए उन्होंने वही बातें याद कीं जो कभी उनकी सास ने उनसे कही थीं। मंदिर पहुँचने से पहले वे उसे उन घरों में ले गईं जहाँ उन्हें आमंत्रित किया गया था। दो-तीन स्थान पर पूजा में वे कुछ देर रुकीं फिर वापस अपने रास्ते चलते-चलते बहू को कुछ समानताएँ दिखाने का प्रयास किया।

"ये देख रही हो, प्रसाद में नारियल मिला है। तुमने ध्यान दिया हो तो हर विशेष पूजा में नारियल का प्रयोग होता है...।" वे बोलती रहीं और बहू हाँ में सर हिलाती रही। "चाहें गृह प्रवेश हो, चाहें किसी ने नई गाड़ी ली

हो, सब नारियल फोड़कर शुभारंभ करते हैं। सोचो इसका कितना महत्त्व है! ये कोई सामान्य फल नहीं। इसके बहुत से औषधीय गुण हैं। इसका तेल भी तो हम प्रयोग करते हैं न? बालों में भी लगाते हैं। और इसका पानी, यूँ समझ लो सब से शुद्ध पानी यदि तुम्हें आज के समय मिल सके तो! इसकी बर्फ़ी भी तो तुम्हें बहुत पसंद है न? फल ही नहीं नारियल का पूरा पेड़ ही उपयोगिता का भण्डार है। बहुत से लोग इसे कल्पवृक्ष भी मानते हैं...।" कौशल्या देवी नारियल के गुणों का बखान करती रहीं और दोनों मंदिर की सीढ़ियों के नीचे पहुँच गए। वहीं नारियल के ठेले के पास जाकर दोनों रुक गए।

"देखो, नारियल बाहर से कितना कठोर है...।" एक नारियल उठाते हुए कौशल्या देवी बोलीं। "...लेकिन भीतर का भाग, जैसा हमने अभी प्रसाद में देखा, कितना नर्म था।" बहू ने भी नारियल को दबाया।

"जी, माँ जी।"

"कुछ लोग भी नारियल जैसे ही होते हैं - बाहर से कठोर, भीतर से नर्म। कुछ कठोर वचन अवश्य बोलते हैं, पर मन से हमारा भला ही चाहते हैं, हमारी चिन्ता करते हैं।" यह सुनकर बहु भी समझने लगी थी कि उसकी सास उसे किस दिशा में ले जा रही है और इतनी देर से नारियल की गाथा क्यों सुना रहीं थीं।"

"जी, माँ जी।" उसने कोई प्रतिवाद नहीं किया।

"यदि नारियल का भी केवल बाहरी भाग देखा जाता तो लोग उसे पत्थर जैसा ही मानकर त्याग देते और कभी उसकी भीतरी भाग का लाभ नहीं ले पाते। इसी प्रकार यदि हम किसी व्यक्ति का केवल स्वभाव देखकर उससे घृणा करेंगे तो कभी उसके मन की नहीं जान पाएँगे और जो लाभ वह हमें देना चाहता है उससे वंचित हो जाएँगे।"

“क्या आप कहना चाहती हैं कि ये नारियल के जैसे हैं।”

“हाँ, इसलिए यह मत देखो कि वह तुमसे कैसे बात करता है, पर यह भी देखो तुम्हारी कितनी चिन्ता करता है। तुम्हारे ठीक होने तक उसे शान्ति नहीं थी। तुम स्वयं को कोई हानि न पहुँचे दो इसलिए कभी-कभी डाँट देता होगा।”

“जी, माँ जी।” बहू ने आधे मन से सहमति प्रकट की। कौशल्या देवी को अपनी बात का प्रभाव होते दिख रहा था।

“आज की पूजा तुम्हारे लिए रखी है, इसका नारियल भी तुम ही चुनो।” उन्होंने नारियल वापस रख दिया। बहू ने दो-तीन नारियल हिला कर देखे और एक चुनकर आगे बढ़ा दिया।

“क्या मैं एक और नारियल ले लूँ अपने लिए?”

“हाँ, क्यों नहीं।” बहू ने एक और नारियल चुना। फिर उसको हाथ में ऊँचा उठाकर अपने सर की ओर बहुत तीव्रता से लाने लगी। सास ने घबराकर झट से उसका हाथ पकड़ लिया।

“अरे बहू! ये क्या कर रही हो?”

“जी, इस नारियल को फोड़ रही हूँ।”

“अरे वो तो मुझे भी दिख रहा है, पर नारियल को सर पर फोड़ते हैं क्या! लग जाएगी।” सास ने उसे छीन कर रख दिया।

“लेकिन चोट लग भी गई तो, इसके भीतरी भाग से ठीक भी तो हो जाएगी न?”

“ओह, मेरी नादान बहू, ये उस तरह से काम नहीं करता, और कोई भी औषधी इतनी जल्दी वैसे भी प्रभाव नहीं डालती। इससे सर फूट गया तो बहुत गहरा घाव होगा। जानती हो?”

"नारियल तो फोड़ना ही है ना पर?"

"अरे, तो उसे किसी पत्थर या धरती पर मारकर फोड़ते हैं, तुमने देखा नहीं कभी? सर पर कौन फोड़ता है?"

"तो फिर आप अपना नारियल मेरे सर पर क्यों फोड़ रहीं हैं?" बहू ने आँखें नीची रखकर कहा।

"मैं?" सास को आश्चर्य हुआ।

"जी। क्यों मुझे आपके नारियल की कठोरता ही सहनी पड़ती है। क्या यह आवश्यक है कि उनके नर्म भाव तक पहुँचने के लिए हर बार केवल उनके कटु वचन ही सुनने पड़ें? क्या मेरे मन पर जो घाव उनसे बनता है वह ठीक हो सकेगा, केवल चार दिन के नर्म व्यवहार से, वह भी तब जब मैं बीमार थी? जिसका कारण भी कहीं न कहीं वही थे। और जब मैं स्वस्थ हो गई हूँ तो फिर वही कठोर प्रहार मुझ पर करके पुनः घायल कर देना सही होगा? और जबकि मैं जानती हूँ अब सब कुछ पहले जैसा ही होने जा रहा है, तो मैं ठीक हो जाने की खुशी मनाऊँ या दुःख?"

उसके प्रश्नों का कौशल्या देवी के पास कोई उत्तर नहीं था। उन्होंने स्वयं भी कभी ऐसा नहीं सोचा था। 'आज की पूजा में नारियल का विशेष महत्त्व है।' उन्हें पंडित जी की कही बात याद आई और संभवतः महत्त्व का अर्थ भी समझ आया।

* * *

"अब इसका मैं क्या अर्थ समझूँ?" रसिका ने कहानी पढ़ने के उपरान्त विचार किया। "उन्होंने इस पुस्तक में इस विशेष कहानी पर ही क्यों चिह्न लगा कर दिया होगा? पढ़कर तो ऐसा लगता है कि यह मेरे लिए है ही नहीं।

मैं तो किसी को प्रेम या चिन्ता के नाम पर तंग नहीं करती। अब क्या मैं यह कथा माँ को सुनाऊँ। उनके आगे कोई बोल सकता है क्या! संभव ही नहीं।" उसने पुस्तक को बंद कर वापस रख दिया। "मुझे नहीं लगता है यह किसी काम की है। आज तो अध्यक्ष महोदय विफल हो ही गए। उनकी भी भूल नहीं। वे जानते नहीं मेरे परिवारवालों को। सबको अपने जैसा अच्छा ही समझते होंगे। लगता होगा मैं बोलूँगी और उनका हृदय परिवर्तन हो जाएगा। अरे बोलूँगी तो तब न जब बोलने का अधिकार होगा! छोड़ो, ये उन्हें लौटा आती हूँ।" वह पुस्तक उठाकर उनके कक्ष की ओर चलने लगी।

जहाँ अलमारियाँ आपस में मिलती थीं उसके एक छोर पर वह पहुँची थी और दूसरी ओर से चायवाला अपनी ही धुन में मग्न चला आ रहा था। उसकी गति तीव्र थी, रसिका को देखकर उसने अपने को तुरन्त रोकने का प्रयास किया और डगमगा गया। वह और उसका सामान तो बच गए किन्तु उसके हाथ से कुछ पर्चियाँ नीचे गिर गईं।

"ओह, मैंने नहीं ध्यान दिया। क्षमा चाहती हूँ।" रसिका ने उसको देखकर कहा।

"कोई बात नहीं, मोड़ पर मुझे भी ध्यान रखना चाहिए था।" चायवाले ने दबे स्वर में उत्तर दिया और नीचे बैठकर अपनी पर्चियाँ उठाने लगा। रसिका भी उसकी सहायता करने लगी।

"आप पढ़ना जानते हैं?" रसिका ने एक पर्ची को पढ़ते हुए पूछा।

"पढ़ तो लेता हूँ, पर समझता उतना ही हूँ जितना काम के लिए चाहिए।" उसने स्वर नीचा ही रखा।

"अरे यार, यहाँ कोई सीधी बात क्यों नहीं करता!" रसिका ने चिढ़कर धीरे से कहा।

"जी, आपने कुछ कहा? मुझे सुनाई नहीं दिया।"

"नहीं, कुछ नहीं। वैसे ये इतनी पर्चियाँ लेकर क्यों घूम रहे हो? जिसको जो चाहिए, पूछ कर एक ही पर लिख लो।" रसिका ने सुझाव दिया।

"पूछ ही तो नहीं सकते ना ये पुस्तकालय है न तो कोई बोलता है, न बोलने देता है। इसलिए सब की कुर्सी पर एक-एक पर्ची छोड़ जाता हूँ। लोग चुपचाप निशान लगा देते हैं। मैं चुपचाप उठाकर पढ़ लेता हूँ। और चुपचाप लाकर रख देता हूँ। आपको कुछ पसंद नहीं इसलिए आपकी ओर नहीं आता हूँ, चुपचाप निकल जाता हूँ।"

"नहीं, ऐसी बात नहीं है कि मुझे कुछ पसंद नहीं है।"

"अच्छा, तो बताइए क्या लाऊँ? दूध, चाय, समोसा...।" चायवाला फिर उत्साहित हो गया। और रसिका फिर चिढ़ गई।

"अरे यार, जितना पूछ रही हूँ उतनी बात करो न।"

"जी, क्या पूछ रही हैं आप?"

"ऐसे पर्चियों से काम चल जाता है?"

"हाँ, चलाना पड़ता है, अब जहाँ बोलने की अनुमति न हो, वहाँ लिखा-पढ़ा तो जा ही सकता है न।" दोनों अब पर्चियाँ समेट कर खड़े हो चुके थे। चायवाले की अंतिम बात रसिका के कानों में गूँजने लगी।

"बोला नहीं जा सकता, पढ़ाया तो जा सकता है!" उसने पुस्तक की ओर देखा और सोचने लगी। "क्या यही बात थी?"

'इसे चाहो तो घर ले जा सकती हो।', अध्यक्ष महोदय की कही बात उसके ध्यान में आई।

"ये मैं ले लूँ?" चायवाले ने उसके विचार प्रवाह को तोड़ा।

"क्या?"

"ये...।" चायवाले ने उस पर्ची की ओर संकेत किया जो अभी भी रसिका के हाथ में रह गई थी।

"ओह, हाँ। ये लो। धन्यवाद।"

"अरे, सहायता तो आपने की है, मुझे...।"

"नहीं आपने मेरी सहायता की है।" रसिका ने मुस्कुरा कर टोका।

"अच्छा?" चायवाला सर खुजाने लगा। उसे फिर विचाराधीन देख वह आगे बढ़ गया। रसिका ने भी मन ही मन कुछ तय किया और अपना रास्ता बदल लिया।

* * *

"एक बार फिर आपने यह प्रमाणित कर दिया कि आप असंभव को भी संभव कर सकते हैं।" रसिका ने कक्ष में प्रवेश करते ही अपनी प्रसन्नता व्यक्त की।

"मैंने? मैंने क्या किया?" अध्यक्ष महोदय ने आश्चर्यचकित होने का नाटक किया।

"आपकी यह पुस्तक, मैं समझ गई थी कि क्या करना है... ।"

"यदि तुम्हारे पास समय है तो बैठकर विस्तार से बता सकती हो।"

"ठीक है।" रसिका ने कुर्सी ली और पिछले दिनों की घटनाओं का वर्णन करना आरंभ किया। "आपने जब यह पुस्तक दी तो मुझे लगा इससे क्या ही होगा! पर धीरे-धीरे समझ आया यह मेरे लिए है ही नहीं, इसलिए ही आपने घर ले जाने की भी अनुमति दे दी थी। मैं घरवालों के सामने ही

इसको खोल कर बैठी रहती थी और किसी बहाने से उनके पास ही छोड़ जाया करती थी। फिर जिज्ञासावश मेरे पिताजी ने इसे पढ़ा और फिर जाने क्या हुआ कि उनका और माँ का व्यवहार ही बदल गया। वही-वही बातें जो पहले करते थे अब अलग ढंग से करते हैं, जिससे मैं सीखूँ-समझूँ भी और मुझे बुरा भी न लगे।" रसिका ने एक साँस में सब कुछ कह डाला और फिर रुककर गहरी साँस ली।

"यह जानकर अच्छा लगा और तुम्हें प्रसन्न देखकर भी।" अध्यक्ष महोदय ने मुस्कुरा कर उत्तर दिया।

"है ना! मुझे तो विश्वास ही नहीं था कि ऐसा हो सकता है, लेकिन आपको था ना? तो होना ही था।" रसिका ने श्रेय दिया।

"मुझे?"

"हाँ, आपको। क्या आप उनसे कभी मिले हैं?"

"नहीं तो।"

"फिर आपको कैसे विश्वास था कि ये योजना काम करेगी?" रसिका ने आश्चर्य से पूछा।

"सच कहूँ, मुझे विश्वास नहीं था। यह केवल एक प्रयास था, जो कि विफल भी हो सकता था। लेकिन सफल हो गया, इसके लिए तुम बधाई की पात्र हो।" अध्यक्ष महोदय की यह प्रतिक्रिया भी रसिका के लिए कुछ नई थी।

"अच्छा, विफल हो जाता तो?" कुछ देर सोचकर उसने पूछा।

"एक प्रयास विफल हो जाता तो कोई दूसरा प्रयास करते, आवश्यकता पड़ने पर तीसरा, चौथा, पाँचवा भी।"

"कब तक करते? इतना धैर्य तो नहीं है मुझ में। मैं तो छोड़ ही देती।"

"जब उद्देश्य स्पष्ट हो और महत्तवपूर्ण भी तो रास्ता निकल ही जाता है।"

"चलिए, मैं भाग्यशाली रही कि इतना श्रम नहीं करना पड़ा।"

"इतनी जल्दी निष्कर्ष पर आ गई हो। वैसे एक पुस्तक किसी के व्यवहार को कुछ समय के लिए बदल सकती है पर प्रवृत्ति को नहीं। यदि आगे चलकर पहले की तरह डाँट खानी पड़ी तो क्या करोगी?" अध्यक्ष महोदय अब वास्तविक परीक्षा ले रहे थे।

"तो खा लूँगी। कुछ उत्तरदायित्व मेरा भी तो है। मैं जानती हूँ कि कहानी का एक भाग मेरे लिए भी था और जब आप मेरे लिए इतना सोच रहे हैं, मेरे घरवाले भी अपने को बदलने के लिए तैयार हैं तो मुझे भी कुछ तो करना ही चाहिए ना!" रसिका के उत्तर ने अध्यक्ष महोदय को वैसे ही गर्वित कर दिया जैसे एक अबोध शिष्य के उत्तीर्ण हो जाने से उसके गुरु हो जाते हैं। वह भी उत्तीर्ण हो गई थी।

"बहुत अच्छे। अब हम कह सकते हैं कि नायिका विवेकशील भी हो गई है और प्रयासशील भी। ऐसे व्यक्ति के लिए क्या ही असंभव है।"

"ये बात तो मैं तब ही स्वीकार पाऊँगी जब आप के मुँह से अपना सही नाम निकलवाने में सफल हो जाऊँगी।" रसिका ने भोला-सा चहरा बनाकर कहा। अध्यक्ष महोदय हँसने लगे और वह भी हँसने लगी।

अध्याय
छः

जीवन की समस्याएँ प्रायः जीवन का आधार लगने लगती हैं। उनसे जूझना, उन्हें सुलझाना ही दिनचर्या बन जाती है। मन भी कहीं न कहीं इस बात को स्वीकार लेता है कि संघर्ष ही जीवन है। प्रत्यक्ष रूप से कोई न भी कहे, लेकिन भीतर यह अवधारणा जन्म ले चुकी होती है कि आज कुछ भला हो भी जाए तो कल एक नई चुनौती हमारी राह में आँखें बिछाए बैठी होगी।

संघर्ष के आदी इस मन को यदि कुछ समय के लिए कोई चुनौती न मिले तो भी वह व्याकुल होने लगता है। वह जानता है कि कुछ समस्या तो अवश्य है किन्तु वह उसे पहचान नहीं पा रहा है। ऐसा ही कुछ रसिका भी अनुभव कर रही थी। मित्र, शत्रु, पड़ोसी, परिवार - वे सब जो उसके दुःख और रूखे स्वभाव का कारण थे - उन सब से ही सुलह हो गई थी। वह उन्हें समझने भी लगी थी। अब उसके पास चिढ़ने का भी कोई कारण नहीं था और न ही वे उसकी आँखों को अब चुभा ही करते थे। लेकिन इतना पर्याप्त न था।

वह प्रसन्न तो थी पर प्रसन्नचित्त नहीं थी। अब भी कुछ था जो उसे

अपूर्ण या अनुपस्थित लगता था। पर वह क्या था? यह वह जान नहीं पा रही थी। बहुत विचार करने पर भी जब उत्तर न मिला तो उसने उस ही वैद्य की ओर प्रस्थान किया जो बिना नस जाँचे ही उसकी हर बीमारी का उपचार कर दिया करते थे।

* * *

"लगता है नायिका के मन में कोई जटिल प्रश्न है।" अध्यक्ष महोदय ने चुप्पी तोड़ने के लिए टिप्पणी की। रसिका बहुत देर से आकर बैठी थी, किन्तु कुछ बोल नहीं पा रही थी। जो स्वयं ही अपने प्रश्न को न समझता हो, वह दूसरे से क्या ही पूछ सकता है! और ऐसे में उत्तर सामने भी हो तो भी उसे पहचानेगा भी कैसे? रसिका ने अध्यक्ष महोदय की बात पर कोई स्पष्ट प्रतिक्रिया नहीं दी, बस सर हिलाया और इधर-उधर देखने लगी। "कुछ ढूँढ रही हो? शब्द?" उन्होंने अपना लेखन कार्य रोका और उसकी ओर देखते हुए कहा।

"हाँ, लेकिन आपको कैसे हर बात पता चल जाती है?" रसिका ने आश्चर्य से पूछा।

"इस समय यह महत्त्वपूर्ण नहीं है। क्या बात तुम्हें अशान्त कर रही है इसका महत्त्व अधिक है। जो भी मन में है उसे बोल सकती हो। यह मत सोचो कि कहाँ से शुरु करना है। आदि और अंत हम बाद में देख लेंगे।" अध्यक्ष महोदय ने प्रोत्साहित किया।

"ठीक है, प्रयास करती हूँ।" रसिका थोड़ा रुकी फिर कहना जारी रखा, "बात यह है कि कुछ समय पहले तक मुझे लगता था कि मेरा कोई नहीं है, सब मुझे प्रताड़ित ही करते हैं। लेकिन अब जैसे सब अपने ही लगते हैं। लेकिन फिर भी मन अशान्त है। इतने दिनों में इतनी पुस्तकों ने मुझे अपने

संबंध सुधारने में सहायता की। लेकिन ऐसी अनुभूति होती है कि अब भी कोई रह गया है। लेकिन कौन? यह मैं समझ नहीं पा रही हूँ। मेरी जानकारी में तो ऐसा कोई नहीं है जो रह गया हो। न ही मेरी कोई अधूरी इच्छा ही है। फिर क्या कारण हो सकता है? क्या आप कोई सुझाव दे सकते हैं?"

"क्या तुम्हें पक्का विश्वास है कि तुम किसी को भी भूल नहीं रही हो?" अध्यक्ष महोदय ने सारी बात ध्यानपूर्वक सुनकर पूछा।

"जी हाँ, कोई संदेह नहीं।"

"चलो, अच्छी बात है। मेरी जैसी स्थिति में तो नहीं हो।"

"आपके जैसी? आप भी ऐसा कुछ अनुभव कर रहे हैं?" रसिका ने आश्चर्य व्यक्त किया।

"अब नहीं, कुछ दिन पहले की बात है।"

"क्या हुआ था और आपने फिर क्या किया?"

"बहुत बार ऐसा होता है कि हम अपने जीवन के सबसे महत्त्वपूर्ण व्यक्ति को भूल जाते हैं, मैं भूला तो नहीं था, पर हाँ कुछ समय के लिए संपर्क टूट गया था, व्यस्तता के चलते।"

"फिर आपने पहचाना कैसे?"

"एक दिन नायिका मेरे पास एक कहानी लेकर आई। उस ने मुझे याद दिलाया...।"

"... कि आप को भी किसी मोहन से मिलना था। सही है ना?" रसिका को पुरानी बात याद आई और उसने उत्साह में वाक्य पूरा किया।

"हाँ, ऐसा ही कुछ हुआ था। और फिर गाड़ी पटरी पर आ गई।"

"लेकिन मैं तो यह भी कर चुकी हूँ न, अब क्या करूँ?"

"वही कार्य एक बार फिर से भी तो किया जा सकता है।" अध्यक्ष महोदय ने सुझाव दिया।

"फिर से? उन्हीं कहानियों को पढ़ना?"

"हाँ, कोई आपत्ति है?"

"नहीं, आपत्ति नहीं, पर फिर पढ़ने से क्या अंतर पड़ जाएगा? जो सीखना था वो तो सीख ही लिया। अब क्या नया सीख लूँगी?" रसिका ने अरुचि प्रकट की।

"हाँ, जो सीखा वो अच्छा, लेकिन यह आवश्यक तो नहीं कि वही एक अर्थ हो। क्या कभी-कभी एक ही शब्द के दो अर्थ नहीं होते?" अध्यक्ष महोदय ने अपने सुझाव के पीछे की धारणा बताई।

"यानी आप कह रहे हैं कि एक ही कहानी के दो अर्थ होंगे और जो मैंने समझा वह सही नहीं है?"

"ये तो मैं नहीं कह रहा हूँ।"

"ओह! तो फिर आप क्या कह रहे हैं?" रसिका विचलित होने लगी।

"मैं तो केवल इतना कह रहा हूँ कि प्रायः लेखक अपनी बात को अनेक परतों में लिखते हैं। संभव है कि जो हमने पढ़ा हो वह ऊपरी परत हो और जो समझा हो वह दूसरी परत हो। लेकिन उसके भीतर भी कोई और परत हो सकती है जिस पर हमारा ध्यान न गया हो।"

"परत? कैसी परत? कृपया सरल भाषा में समझाएँ।"

"तुमने उन कहानियों में बहुत से लोगों की छवि विभिन्न पात्रों में देखी और यथोचित निर्णय लिए। लेकिन वे जिसकी ओर संकेत कर रही थीं वे कोई और तो नहीं? संभव है कि वह मोहन जिससे तुम्हारा संपर्क टूट

गया था वह कोई और ही हो। संभव है कि वह आरती कोई और ही हो जिससे कभी नहीं मिलने की ठानी थी। संभव है कि वह वनवासी जिस के लिए संकट में पड़ गया वह मृग कोई और ही हो, राजा कोई और हो, मंत्री, शिकारी, सिंहनी, वैद्य कोई और हो। ये भी तो संभव है कि नारियल की पहचान करने में चूक हो गई हो। क्या यह संभव नहीं है?" अध्यक्ष महोदय की बात को सुनकर रसिका कुछ क्षण के लिए स्तब्ध रह गई। वह सोच में पड़ गई।

"मुझे आशा है कि उनकी पहचान होने पर तुम्हारे प्रश्नों के उत्तर मिल जाएँगे।" अध्यक्ष महोदय ने थोड़ा रुककर कहा।

"ठीक है। आप कहते हैं तो प्रयास करती हूँ।" रसिका की प्रतिक्रिया में विश्वास का अभाव स्पष्ट दिखाई दे रहा था लेकिन इस समय उसके पास कोई अन्य विकल्प भी नहीं था।

* * *

रसिका ने हिचकिचाते हुए अध्यक्ष महोदय के सुझाव को स्वीकार तो लिया था लेकिन उसे यह स्पष्ट नहीं था कि उसको वस्तुतः करना क्या है। एक बात, घटना अथवा सिद्धान्त को पहली बार समझ पाना कठिन होता है। किन्तु उससे भी अधिक कठिन होता है उसे नये सिरे से देख पाना और नया अर्थ निकाल पाना, क्योंकि पुराना अर्थ और पुरानी सोच उसके भाग का सारा स्थान घेरे रहती हैं। रसिका पुस्तकें फिर से पढ़ तो रही थी पर उसे कोई लाभ नहीं हो रहा था। कभी-कभी वह एक ही पन्ने को घंटों घूरती रहती, मानो कोई उसमें से निकलकर सामने आएगा और कहेगा - 'हाँ, हाँ, मैं ही वह अज्ञात हूँ जिसे तुम ढूँढ रही हो', परन्तु प्रकृति के नियम इस बात की अनुमति नहीं दे रहे थे। अतः उसे इस छुपन-छुपाई का खेल स्वयं ही

जीतना था।

"कहीं ऐसा तो नहीं कि सारी कहानियों को मिलाकर कुछ संकेत मिले?" यह सोचकर रसिका ने सारी पुस्तकें खोल कर सामने रख दीं। उन सब पर बहुत देर तक दृष्टि दौड़ा कर भी उसे कुछ प्राप्त न हो सका। उसकी स्मृति में कोई ऐसा व्यक्ति नहीं था जिससे उसका कोई विवाद बचा हो।

एकाएक उसे यह अनुभूति हुई कि कोई पास खड़ा है। उसने पलटकर देखा तो वह चायवाला ही था जो उसे विस्मयपूर्वक देख रहा था।

"ओह! आपने तो मुझे डरा ही दिया था।" रसिका एक गहरी साँस लेकर बोली। "वैसे मुझे कुछ नहीं चाहिए, पर आप आ ही गए हैं तो अदरक वाली चाय या हल्दी वाला दूध, अभी कुछ है तो दे दीजिए।" उसने पैसे निकालते हुए कहा। चायवाले ने कुछ देर में प्रतिक्रिया दी।

"वैसे आपके विकल्प भी बहुत विपरीत हैं - एक ओर अदरक वाली चाय और दूसरी ओर हल्दी वाला दूध। लगता है बुद्धिमान लोगों की यही पहचान है।" चायवाले ने प्याली भरते हुए कहा।

"बुद्धिमान! वो भी मैं? मुझे तो लगता है मैं बुद्धू हूँ।" रसिका ने निराशा जताई।

"बुद्धिमानी की एक और पहचान - अपने को कभी बुद्धिमान नहीं मानना।"

"अरे, लेकिन आपको लगता ही क्यों है? मैंने ऐसा क्या कर दिया?"

"आप इतनी सारी पुस्तकें एक साथ पढ़ रही हैं - किसी सामान्य व्यक्ति का काम तो नहीं लगता। या तो कोई विद्वान हो सकता है या मूर्ख - अब ग्राहक को मुँह पर मूर्ख तो नहीं कह सकते ना!" चायवाले ने स्पष्टीकरण दिया।

"वाह! आपने तो मुझे चने के झाड़ पर चढ़ा दिया और अगले ही क्षण वहाँ से धक्का भी दे दिया।" रसिका ने निराश होकर कहा।

"जी?"

"कुछ नहीं। वैसे आपकी जानकारी के लिए बता दूँ कि मैं इतनी पुस्तकें एक साथ नहीं पढ़ रही हूँ। वो तो मुझे कुछ समझ नहीं आ रहा था इसलिए सारी सामने रख दीं कि किसी पर दृष्टि पड़े और कुछ मिल जाए।" रसिका ने सारी योजना बताई।

"अच्छा। वैसे क्या खो गया है जो आप ढूँढ रहीं हैं?" चायवाले की जिज्ञासा बढ़ी।

"खोया नहीं कह सकती। लेकिन मेरे जीवन का कोई महत्त्वपूर्ण अंग है जिसे मैं पहचान नहीं पा रही हूँ। यही बात मुझे तंग कर रही थी। इसलिए इन पुस्तकों की सहायता ले रही हूँ। संभव है कि वह अदृश्य भाग कहीं मिल जाए।"

"अच्छा। रोचक भी है विचित्र भी।"

"वो कैसे?"

"आप अपने जीवन की कहानी किसी और की लिखी पुस्तक में ढूँढ रही हैं। आपके लिए रोचक होगा, मेरे लिए तो यह विचित्र है। क्या हमारी कहानी कोई अज्ञात लेखक विस्तार में जानकर लिख सकता है? क्या पता? मैं तो इतना पढ़ा नहीं हूँ।" चायवाले की बात सुनकर रसिका भी सोच में पड़ गई। वह भी उसे विचाराधीन देख वहाँ से निकल गया।

"क्या यह विचित्र नहीं? हाँ, मेरी कहानी कोई और कैसे जान सकता है! लेकिन मैं तो...।" उसे अपनी अब तक की मिली सीख से यह बात जितनी विपरीत जान पड़ती थी उतनी ही तार्किक भी लग रही थी। उसे कुछ भिन्न दृष्टिकोण की अपेक्षा तो थी, लेकिन इतना?

* * *

"बात तो तार्किक है।" अध्यक्ष महोदय ने रसिका द्वारा पूरा वर्णन सुनकर कहा। उसे भी बात में कुछ सच्चाई तो दिख रही थी, पर वह उसे ग्रहण नहीं कर पा रही थी।

"लेकिन, आपने जो पहले बताया था मुझे तो वह भी तार्किक लगता था और मेरे काम भी आया। अब तक जो पढ़ती रही उसको अपने जीवन से मिलाती रही। फिर अब ये कैसे सही हो सकता है?" रसिका ने एक महत्त्वपूर्ण प्रश्न किया।

"क्यों, क्या दो बातें एक साथ तार्किक नहीं हो सकतीं?"

"लेकिन ये तो बिल्कुल विपरीत हैं। एक ओर यह कहना कि दूसरों द्वारा लिखी गई पुस्तकों से अपनी निजी परेशानियों के समाधान निकाल सकते हैं और दूसरी ओर यह मानना कि कोई हमारी कहानी को कैसे जान सकता है - तो उसकी पुस्तक से हमें क्या ही मिलेगा, क्या इसे विरोधाभास नहीं कहेंगे?

"हाँ, दोनों बातें विपरीत तो प्रतीत होती हैं, लेकिन विरोधाभास मानना उचित नहीं लगता। प्रकृति में बहुत-सी घटनाएँ विपरीत होकर भी एक-दूसरे की पूरक होती हैं। जैसे, दिन और रात विपरीत हैं फिर भी दोनों सत्य हैं।" अध्यक्ष महोदय ने अपना विचार साझा किया।

"दिन और रात...।" रसिका सोचने लगी। "... लेकिन दिन और रात, दोनों एक ही स्थान पर एक साथ नहीं होते न। या तो दिन होगा या रात होगी।"

"बिल्कुल सही। यह देखकर अच्छा लग रहा है कि नायिका खुलकर

प्रश्न करने लगी है। दिन और रात 'स्थान' पर निर्भर करेंगे, पर यहाँ 'स्थान' क्या है?"

"जी? मैं समझी नहीं।"

"यदि स्थान से हमारा तात्पर्य पृथ्वी का एक भाग है तो निस्संदेह दोनों उस स्थान पर एक साथ नहीं हो सकते। दूसरी ओर यदि हम पूरी पृथ्वी को ही एक स्थान के रूप में देखते हैं तो पृथ्वी पर हर समय दिन और रात होते ही रहते हैं।" अध्यक्ष महोदय की बात सुनकर रसिका कुछ देर के लिए सोचने लगी। उसके पास कोई प्रत्युत्तर नहीं था।

"मुझे तो समझ नहीं आ रहा है कि अब मुझे क्या करना चाहिए। यदि दोनों बातें सही भी हैं, तो भी मेरे लिए एक-साथ अपना लेना कठिन है।" रसिका की दुविधा निष्कारण नहीं थी।

"निस्संदेह कठिन तो है।" अध्यक्ष महोदय ने कुछ सोचकर आगे कहा। "वैसे, एक प्रयास इस दिशा में भी किया जा सकता है।"

"कैसा प्रयास?" रसिका ने आतुरता दिखाई। उसे विश्वास था कि अध्यक्ष महोदय कोई सुझाव देंगे तो समस्या हल हो ही जाएगी।

"एक सिद्धांत का सत्य देख लिया है। अब दूसरे को भी परख लो। फिर जैसा ठीक लगे।"

"वो कैसे?"

"देखो, दूसरों की पुस्तकें तो बहुत पढ़ लीं। अब कोई कहानी स्वयं लिख कर देखी जाए।" अध्यक्ष महोदय ने युक्ति सुझाई।

"कहानी? वो भी मैं! जी नहीं, ये कैसे हो सकता है।" रसिका ने सुनते ही हाथ खड़े कर दिए।

“क्यों नहीं हो सकता?”

“जी नहीं, मैं कोई लेखिका नहीं हूँ, मुझे तो पढ़ा हुआ भी देर से समझ आता है, लिखना तो दूर की बात हो गई।”

“लेखन कार्य केवल लेखकों तक सीमित नहीं है। और तुम्हें लेखिका बनने के लिए कौन कह रहा है? कहानियाँ तो हम सब के पास होती ही हैं। क्या हम स्वप्न नहीं देखते, जो कुछ घटित होता है उस पर विचार नहीं करते? उसे ही लिखना है, कहानी के रूप में।”

“सपने तो मैं आँखें खोलते ही भूल जाती हूँ। और विचारों को लिखना, वो भी कहानी के रूप में! मुझसे नहीं होगा।” रसिका बिल्कुल तैयार नहीं थी।

“ठीक है। अभी के लिए कहानी भूल जाते हैं। लेखन पर विचार करते हैं।” अध्यक्ष महोदय ने कार्य को सरल बनाने का प्रयास किया। वे अपनी कुर्सी से उठे और एक अलमारी से एक पत्रिका निकाल कर रसिका के सामने रख दी। रसिका ने उस पत्रिका की ओर देखा और फिर प्रश्न भरी दृष्टि से वहीं खड़े अध्यक्ष महोदय को देखा। प्रश्न स्पष्ट था अतः कुछ बोलने की आवश्यकता नहीं थी। “यह हमारे पुस्तकालय की वार्षिक पत्रिका है...।” अध्यक्ष महोदय ने एक ही हाथ से कुछ पन्ने पलटते हुए कहा। फिर रसिका की ओर सरकाकर उसे देखने का संकेत किया। “...अब सोचो इसमें किसने क्या लिखा होगा।” अध्यक्ष महोदय की बात सुनकर उसने पत्रिका उठाई और कुछ पन्नों पर दृष्टि डाली।

“यहाँ तो ऐसा लगता है कि कुछ भी लिखा हुआ है - कहीं पाँच पंक्तियाँ, कहीं पचास और शीर्षक भी विचित्र से ही हैं। ये सब किसने लिखे हैं?” रसिका ने पूछा।

“जो पाठक यहाँ पढ़ने आते हैं। उन्होंने ही लिखा है।” अध्यक्ष महोदय

अपना सामान समेटने लगे।

"लेकिन क्यों?"

"क्योंकि, जब हम इस संसार से इतना कुछ लेते हैं तो हमारा कर्त्तव्य बनता है कि हम कुछ लौटाएँ भी। अर्थात् हमारा योगदान। जिन लोगों ने यहाँ पढ़कर कुछ भी प्राप्त किया है उन्होंने अपने योगदान के रूप में कुछ न कुछ लिखा है जिसे भावी पाठक पढ़ सकें। इस उद्देश्य से ही हम हर वर्ष यह पत्रिका छापते हैं।" अध्यक्ष महोदय अब निकलने के लिए तैयार थे।

"यानी मुझे भी कुछ लिख कर देना ही पड़ेगा?" रसिका ने चिंतित स्वर में कहा।

"नहीं, दान सदैव स्वेच्छा से दिया जाता है। कोई तुम पर दबाव नहीं डाल रहा है। लेकिन यह सोचना उचित नहीं है कि तुम लिख नहीं सकती हो। और यह पत्रिका इस बात का प्रमाण है। इसका कोई भी लेख किसी लेखक ने नहीं लिखा है। इसलिए भले ही श्रेष्ठ न हो लेकिन न्यून भी नहीं है। आशा है तुम्हें इससे प्रेरणा मिलेगी।"

"लेकिन मैं प्रेरणा का भी क्या करूँगी जब कौशल ही न हो? न तो मेरा लेखन अच्छा है न ही लिखावट। मेरे पास ऐसा भी कुछ विषय नहीं है जिस पर लिखा जा सके। क्षमा करें मुझे नहीं लगता कि मैं कोई दान भी देने में समर्थ हूँ।" उसमें आत्मविश्वास की कमी दिखाई दे रही थी। अध्यक्ष महोदय को यह उसके स्वभाव के विपरीत प्रतीत हो रहा था। क्योंकि जब वह आई थी तब अपनी कमियों को स्वीकारती नहीं थी। बल्कि कुछ भी कर सकने का अभिमान लिए चलती थी। अभिमान का नष्ट हो जाना जितना शुभ संकेत था, उतना ही अशुभ था आत्मविश्वास का नष्ट हो जाना।

"वैसे, पत्रिका के लिए जो भी लेख हम पुस्तकालय सदस्यों से लेते हैं, उसकी प्रतियोगिता आयोजित की जाती है।" अध्यक्ष महोदय ने फिर एक

बार अपनी परिचित शैली में जाल बुनना आरंभ किया।

"प्रतियोगिता? कैसी प्रतियोगिता?"

"श्रेष्ठतम लेख की। पत्रिका में हम लेख सभी के ही रखते हैं लेकिन कुछ श्रेष्ठ लेखों को पुरस्कृत भी करते हैं।" जाल फैलाया जाने लगा। रसिका ध्यान से सुन रही थी इसलिए अब चारा डाले जाने की देर थी। उसे देख अध्यक्ष महोदय ने कहना जारी रखा। "उम्र की कोई सीमा नहीं है। क्या यह एक अच्छा मंच नहीं है युवाओं को अपनी प्रतिभा दिखाने एवं अपनी योग्यता सिद्ध करने के लिए?"

"बिल्कुल है। लेकिन यह आप मुझे क्यों...? ओह अब समझी। यदि आप यह समझ रहे हैं कि मैं फिर से आपकी बातों में आ जाऊँगी और पुरस्कार के लालच में या कोई शर्त लगाकर कहानी लिखने बैठ जाऊँगी तो आप भूल कर रहे हैं। आप मुझे बार-बार मूर्ख नहीं बना सकते। आपके मार्गदर्शन में कुछ पुस्तकें मैंने भी पढ़ी हैं। इतनी समझ तो अब मुझे भी आ गई है।" रसिका बच निकली। सूझभूझ से काम लिया और चारे के आसपास फैले जाल को पहचान लिया।

अध्यक्ष महोदय अपनी योजना को असफल होते देख मुस्कुराने लगे। इस में भी उनकी ही जीत की झलक थी। लेकिन वर्तमान का कार्य भी तो संपन्न करना ही था। और यह कैसे करना है, इसके लिए उनके पास और भी साधन थे। अब कोई एक बाण के भरोसे तो आखेट करने नहीं निकल सकता न। उनका अदृश्य तूणीर भरा हुआ था।

"अरे नहीं। ऐसा क्यों सोच रही हो? भला मैं नायिका के व्यक्तित्व के विकास को अपमानित क्यों करूँगा? मैं तो उसका सम्मान करना चाहता हूँ।" अध्यक्ष महोदय ने दिशा बदल दी।

"जी? आप क्या बोल रहे हैं मुझे कुछ समझ नहीं आ रहा।"

"देखो, अब इतने सारे लेख हैं...।" उन्होंने रसिका के सामने काग़ज़ों का ढेर रख दिया जिसमें लोगों ने अपने लेख जमा किए थे। "...वैसे तो हम लेख सारे ही रखेंगे पर पत्रिका में त्रुटियों सहित तो रखना उचित नहीं है न? कुछ संपादन की आवश्यकता होगी ही। और फिर इनका कहानी, कविता, आलेख इत्यादि में वर्गीकरण करना, फिर श्रेष्ठतम चुनना। बहुत सारा काम है और समय बहुत कम! मैं अकेला कितना कर पाऊँगा! किसी से सहायता नहीं लेता क्योंकि सब की ही प्रविष्टियाँ इसमें है। फिर संपादकीय भी लिखना है। पहले की बात और थी। अब लगता है उम्र नहीं रही। पता नहीं इस बार कैसे सब होगा। कोई मेरा साथ दे देता तो...।"

"अरे, अरे, अरे! बस भी कीजिए। कितना नाटक करते हैं। मैं समझ गई। आप चाहते हैं कि मैं आपकी इस कार्य में सहायता करूँ। ठीक है, आपके लिए इतना नहीं कर सकती क्या? सीधा-सीधा बोल देते। हर बार, हर बात घुमा फिरा कर ही बोलेंगे।"

"सीधी बात मानती ही कहाँ हो।" अध्यक्ष महोदय ने मुस्कुरा कर धीरे से टिप्पणी की।

"जी, कुछ कहा आपने?"

"मैंने कहा, धन्यवाद।" अध्यक्ष महोदय ने कुछ और काग़ज़ निकाले और उसके सामने रख दिए। "यहाँ सब नियम एवं दिशा निर्देश हैं। मुझे तुम पर पूरा भरोसा है। तुम यह कार्य बहुत अच्छे से करोगी। वैसे दो ही दिन का समय शेष है। तुम्हारे लिए इतना पर्याप्त होगा।" वे अब दरवाज़े तक पहुँच गए थे। "अपनी ओर से समीक्षा कर के कुछ अंक भी दे देना। मेरे लिए निर्णय लेने में सहायक होगा।"

"अरे, आप कहाँ चल दिए?" रसिका ने रोकना चाहा।

"मेरा तो चलने का समय हो गया है। फिर मिलते हैं।" अध्यक्ष महोदय

ने घड़ी की ओर देखते हुए कहा। रसिका ने पलटकर घड़ी की ओर देखा।

"लेकिन...।" इससे पहले कि वह पलटकर कुछ कहती, वे जा चुके थे। "कमाल है!" उसने स्वयं से कहा।

अध्यक्ष महोदय एक बार फिर उसे फँसा कर चले गए थे। वे भली भाँति जानते थे कि वह कितने पानी में है। रसिका ने बहुत कुछ सीख लिया था लेकिन सब कुछ नहीं। उसने भले ही एक शब्दव्यूह भेद दिया हो पर दूसरे को पहचान न सकी। एक परत हटा कर देखना अब उसके लिए सरल हो गया था लेकिन और भी तो परतें होती हैं जो अपने भीतर जाने कितने रत्न छुपाए रखती हैं। वह उन्हें न 'लिखे' में देख पाई न 'कहे' में सुन पाई। और इसका ही लाभ उठाकर अध्यक्ष महोदय ने उसे एक नया कार्य सौंप दिया या यूँ कहें कि लेने के लिए विवश कर दिया, जैसे वो हर बार करते ही थे।

यह कार्य इतना भी सीधा और सरल नहीं था। लेकिन अब उत्तरदायित्व स्वयं ही लिया था तो वह पीछे भी नहीं हट सकती थी। केवल यही एक मार्ग था जिसके द्वारा वह उनका आभार व्यक्त कर सकती थी और पुस्तकालय को अपना योगदान दे सकती थी। कम से कम उसकी दृष्टि में तो ऐसा ही था।

वह कुछ देर वहीं बैठे-बैठे पन्ने पलटती रही।

अध्याय
सात

रसिका ने पूरी निष्ठा से अपना कार्य आरंभ किया। व्यक्तिगत तौर पर निष्पक्ष रहना उसके लिए सरल था क्योंकि वह पुस्तकालय में किसी को जानती नहीं थी। जो कठिन था वह ये कि किसी भी लेख से मतभेद होते हुए भी उसकी गुणवत्ता के आधार पर मूल्यांकन करना। हमारा अपना दृष्टिकोण प्रायः इस कार्य में बाधक बन ही जाता है। वह हर रचना को बहुत ध्यान से पढ़ती। त्रुटियों को चिह्नित कर उन्हें ठीक करती और समीक्षा-सहित अंक एक अन्य पन्ने पर लिखती जाती। यह बहुत ही थका देने वाला कार्य था। चायवाला भी यह देखकर चकित था कि जो चाय का नाम सुनकर भी उबलने लगती थी वह आज तीन प्याली चाय पी चुकी थी। चौथी बार चाय देते समय वह अपने को रोक न सका।

"यह सब आपने लिखा है? आप लेखिका भी हैं?" उसने हस्तलिखित पन्नों को देखकर जिज्ञासावश पूछा।

"नहीं नहीं। मेरा लेखन से कोई संबंध नहीं। ये तो मैं अध्यक्ष महोदय को संपादन में सहायता कर रही हूँ।" रसिका ने स्पष्ट कर दिया।

"संपादन? अच्छा। क्या होता है वो?" चायवाले ने अपनी जानकारी बढ़ानी चाही।

"अब मैं आपको कैसे समझाऊँ?" रसिका कुछ सोचने लगी। "बस यूँ समझ लीजिए कि जब कोई कुछ लिखता है तो कभी-कभी भूलवश त्रुटियाँ हो जाती हैं, जैसे शब्द, वर्तनी, व्याकरण या कुछ भी। संपादन करते समय हम उनको ठीक करने का प्रयास करते हैं। और भी बहुत कुछ होता है। पर अभी आप इतना ही लेकर चलिए क्योंकि मैं भी इतना ही करने योग्य हूँ।" उसने संक्षेप में बताया। वह उतना ही कह सकती थी जितना वह स्वयं जानती थी और जितना वह समझ सकता था। चायवाले को इतना समझने में भी समय लग रहा था। उसे देख रसिका ने चाय की घूँट भरी।

"ओह, लेकिन ये लिखने वाला आप ही क्यों नहीं कर लेता? इतना बुरा लिखता है?"

"नहीं रे। ऐसी बात नहीं है। लेकिन लेखक जानता है कि क्या लिख रहा है इसलिए उससे त्रुटियाँ छूट जाती हैं।" रसिका ने बचाव किया।

"सही बात है। वैसे भी अपनी भूल कौन ही स्वीकारता है। किसी और की हो तो अलग बात है।"

"क्या?" रसिका को लगा की संकेत उसकी ओर है।

"यानी, अब कोई आप ही तो नहीं कहेगा न कि जो वो कर रहा है वो सही नहीं है। अब मैं आपसे ये तो नहीं कहूँगा न कि अधिक चाय पीना सेहत के लिए बुरा है। मेरी तो कमाई ही इससे है।" यह चायवाले का भोलापन था या स्पष्टवादिता यह रसिका समझ नहीं पाई। लेकिन यह सुनकर चाय की गर्म घूँट आधी उसके मुँह में ही रह गई और प्याली भी होठों के पास रुक गई। वह चिढ़ भी रही थी और उसे हँसी भी आ रही थी। लेकिन वह खाँसने के अतिरिक्त और कुछ नहीं कर सकी। उसने बची चाय सटकी, प्याली नीचे

रखी और कुछ संभलकर एक पन्ना ढूँढकर निकाला।

"ऐसा नहीं है। कुछ लोग अपने दोष स्वीकारते भी हैं और उनको सुंदर रूप में प्रस्तुत भी करते हैं। जैसे ये सुनिए:

ओ शशि! ओ चंद्रमा!
जब तक न हो सवेरा
जहाँ भी चले जाऊँ मैं
क्यों करते हो पीछा मेरा?

मुझ सी तो अकेली नहीं
कटती होंगी रातें तुम्हारी
सितारों की चौपाल है
संग चाँदनी की यारी
जो पास है वो भुलाकर
क्या ढूँढे रे ये मन तेरा
कोई संबंध न निभाऊँ मैं
क्यों करते हो पीछा मेरा?

न मीन सी आँखें मेरी
न पेट में छुपी कस्तूरी
न सिंह सा तेज ही है

न गरुड सी भरूँ दूरी

ये मैला मन भी मुझ को

लगता है अब दर्पण तेरा

अपने से छुपना चाहूँ मैं

क्यों करते हो पीछा मेरा?

यहाँ कवि ने अपने अवगुणों का बखान किया है। लेकिन फिर भी लिखते समय त्रुटियाँ हो गई थीं। वो मैंने ठीक कर दीं।"

"वाह! रोचक। तो आपके लिए अपनी कमियाँ ढूँढना और संपादित करना बहुत सरल होगा?" चायवाले ने कुछ सोचकर कहा।

"मुझ से नहीं होगा ये। दूसरों की कृति में ठीक करना एक बात है। अपना कुछ लिख लेना दूसरी।"

"यानी आप केवल कमियाँ निकालती हैं।" उसने निष्कर्ष निकाला। "इसके लिए कोई शब्द सुना था मैंने याद नहीं आ रहा कुछ 'छेदी'... 'छेदवसी' ऐसा ही कुछ था।" वह सोचते हुए सर खुजाने लगा।

"छिद्रान्वेषी। यही कहना चाहते हैं न आप?" रसिका ने शब्द सुझाया।

"हाँ, यही होगा। तो आप ये हैं।" चायवाला न चाहते हुए भी सदा अपमानित कर देता था।

"यानी आप कहना चाहते हैं कि मैं छिद्रान्वेषी हूँ?" वह सच में बुरा मानने लगी थी।

"पता नहीं, पर जो आपने कहा उससे यही लगता है। या इसका कोई और अर्थ है तो...।"

"रुकिए...।" रसिका को याद आया कि वह चायवाले के आने से

पहली इसी तरह की एक कहानी ही पढ़ रही थी। उसने उसे ढूँढकर बाहर निकाला और पढ़कर सुनाने लगी। वह सही अर्थ समझ सके इसके लिए रसिका ने उस कहानी की नायिका के रवैये पर बल दिया। कहानी उसने भी पूरी नहीं पढ़ी हुई थी। लेकिन उदाहरण देने के लिए पहला पन्ना ही पर्याप्त था। "अब आप समझे?" उसने अंत में पूछा।

"हाँ, अब समझा। ये भी एक गुण ही है। यानी आप तो गुणवान हैं।"

"नहीं, यह गुण नहीं अवगुण है।"

"अच्छा। तो मुख्य पात्र भी बुरा हो सकता है।" उसकी प्रतिक्रिया रसिका को रास नहीं आई।

"नहीं। नायक या नायिका कभी बुरे नहीं होते। कुछ अवगुण होंगे भी तो कहानी के अंत तक सुधार हो जाता है। इसमें भी हो रहा होगा देखना।" उसने पन्ना पलटा ताकि आगे की कहानी पढ़कर अपनी बात प्रमाणित कर सके। उसकी अपेक्षा के विरुद्ध अगला पृष्ठ रिक्त था। कहानी का कोई अगला भाग था ही नहीं! वह असहज हो गई। "लगता है किसी ने अधूरी कहानी ही जमा कर दी है। मैं अध्यक्ष महोदय को बता देती हूँ।" उसे अपनी अवधारणा पर पूरा भरोसा था और यही वह चायवाले को भी प्रमाणित करना चाहती थी। उसके लिए कहानी का सुखान्त होना आवश्यक था। उसने देर न करते हुए अध्यक्ष महोदय को सूचित करना ही उचित समझा।

* * *

"मुझे लगता है यह कहानी अधूरी रह गई है।" रसिका की बात पर अध्यक्ष महोदय ने कोई प्रतिक्रिया नहीं दी वे अपने लेखन कार्य में व्यस्त थे। "यदि आप जानते हैं कि यह किसकी है, तो आप उन्हें बताकर पूरा

करवा सकते हैं। मुझे तो इस पर किसी का नाम नहीं दिख रहा।" उसने कुछ रुककर कहा।

"तुम्हें ऐसा क्यों लगता है?" अध्यक्ष महोदय ने लिखना जारी रखा। उनके स्वर से प्रतीत हो रहा था कि उन्हें इस विषय में कोई रुचि नहीं है।

"ये देखिए, इसे पढ़ कर लगता है कि जो इसकी नायिका है वो छिद्रान्वेषी है। कहानी में अब तक इसने केवल दूसरों के दोष ही निकाले हैं। और अपनी परस्थितियों के लिए उन्हें ही उत्तरदायी जताया है। इसका यह अवगुण कहीं भी सुधरता नहीं दिखता न ही किसी और विशेष गुण के होने की बात दिखती है।" रसिका ने कारण बताया।

"हाँ, तो?"

"तो, आपको नहीं लगता है कि नायिका का ऐसा होना अनुचित है? ये तो खलनायक के गुण हैं।"

"क्या नायक में कोई दोष कभी नहीं हो सकता? क्या हर व्यक्ति में कोई न कोई दोष नहीं होता है?" अध्यक्ष महोदय ने ऐनक के पीछे से ही उसकी ओर देखकर कहा और वापस आँखें अपने लेख की ओर झुका लीं। उन्होंने लिखना रोका नहीं।

"हो सकता है। लेकिन कहानी के अंत तक उसे एक सीख मिल जानी चाहिए जिससे यह दोष दूर हो जाए या कम से कम उसे अपनी भूल दिखने लगे। नहीं तो पाठक को ये अवगुण नहीं बल्कि गुण ही लगेगा और उसका अनुसरण करने लगेगा।"

"अच्छा ऐसा भी हो सकता है?" वे उसकी तर्कपूर्ण बातें सुनकर धीमा-धीमा मुस्कुरा रहे थे।

"हाँ, मुझे तो ऐसा ही लगता है।"

"'लगता है।' यानी पक्का नहीं है। तुम्हें अपने ही परिकल्पना पर भरोसा नहीं है।"

"जी?" रसिका ने आश्चर्य जताया। फिर उसे पुरानी बात याद आई। "ओह, समझी। जी, मुझे पूरा विश्वास है कि ये कहानी पूरी नहीं है। और जो अब तक मैंने कहा वो परिकल्पना नहीं सिद्धान्त है।" इस बार उसके स्वर और भाव में आत्मविश्वास था।

"अच्छा...।" अध्यक्ष महोदय ने लिखना रोका, सर उठाया और उसकी ओर देखते हुए कहा, "...यदि तुम्हें विश्वास है कि यह कहानी अधूरी है तो तुम इसे पूरा क्यों नहीं कर देतीं?"

"मैं? मैं कैसे...?"

"क्यों, क्या आपत्ति है?"

"एक तो मुझे लिखना नहीं आता और दूसरा यह किसी और की कहानी है। अब मुझे क्या पता उसके मन में क्या रहा हो या उसने आगे क्या सोचा हो। आप जिसकी है उससे ही क्यों नहीं बोल देते?"

"किसकी है?"

"ये तो इस पर नहीं लिखा।" रसिका ने पन्ने को पूरा छान मारा पर उसे कोई संकेत नहीं मिला।

"फिर क्यों चिन्ता करती हो? अपनी ओर से जो सही लगता है वो लिख डालो।"

"लेकिन किसी और की?" वह इस प्रकार किसी और की रचना पूरा करना ठीक नहीं मान रही थी।

"देखो, हमारे पास बहुत समय नहीं है।" अध्यक्ष महोदय ने सामान

समेटना आरंभ किया। "यदि यह कहानी अधूरी रह गई तो नायिका का चरित्र निर्माण अधूरा रह जाएगा। यदि तुम ऐसा नहीं चाहतीं तो अपनी ओर से पूरा कर दो। इसके मूल लेखक को हम ढूँढ कर उसकी राय भी ले लेंगे। तब तक समय नष्ट क्यों करना! आवश्यकता पड़ी तो संयुक्त लेखक मानकर प्रकाशित कर देंगे।" वे अब दरवाज़े तक पहुँच गए थे।

"पर कहानी तो मैं नहीं लिख सकती न?" उसने निराशा जताई। घड़ी की सुइयाँ ६ की ओर दौड़ लगा रही थीं। लेकिन उसकी सूई अभी तक अटकी हुई थी।

"कहानी न सही। सामान्य बिंदु लिखकर रखो ताकि चर्चा की जा सके। इतनी पुस्तकें पढ़कर तुमने इतना तो सीख ही लिया होगा।"

"लेकिन इस नायिका को लेखक ने रचते समय किस से प्रेरणा ली होगी? उसको तो मैं नहीं जानती। फिर मैं लिखूँ किस बारे में?" रसिका ने प्रश्न किया।

"इसका निर्णय तुम्हें ही लेना होगा। चाहो तो अपने बारे में कुछ लिख सकती हो। या पिछले कुछ दिनों के अपने अनुभव के बारे में या किसी पुस्तक का कोई पात्र जो तुम्हें पसंद आया उसके बारे में, या केवल अपनी कुछ दिन की दिनचर्या को संग्रहित किया जा सकता है जिससे अंत में कोई सुझाव मिले। विकल्प तो बहुत हैं।"

"आपके सारे विकल्प तो मुझ से ही जुड़े लगते हैं। क्या मेरे बारे में लिखना उचित रहेगा?" रसिका कभी कहानी की ओर तो कभी घड़ी की ओर देख रही थी।

"क्यों नहीं? अपने जीवन की 'नायिका' तो तुम ही हो।" यह सुनकर रसिका ने विस्मय से पलटकर देखा। अध्यक्ष महोदय बाहर जा चुके थे लेकिन यह बात उसके मन में गूँजती रही।

* * *

सारी रात इस विषय पर सोचने के बाद भी रसिका अभी शून्य पर ही थी।

"मैं अपने जीवन की नायिका हूँ, उन्होंने ऐसा क्यों कहा होगा?" यही प्रश्न उसके मन में बार-बार उठ रहा था। "मेरा जीवन कोई उपन्यास तो नहीं है जिसकी कोई नायिका हो! और न ही मुझ में कोई ऐसे गुण हैं जो मुझ पर कोई उपन्यास या कहानी लिखना ही चाहेगा, या हैं?" रसिका ने अपने बारे में सोचना आरंभ किया और अपने गुण दोष को लिखने लगी। फिर उसने अपने दिनचर्या को भी स्याही में उतारना आरंभ किया। कुछ देर उन पर ध्यानपूर्वक विचार किया।

"लेकिन इसमें तो कुछ भी ऐसा नहीं कि जिसे हम एक नायक में हम ढूँढते हैं। और अध्यक्ष महोदय तो शुरु से ही मुझे नायिका बुलाते हैं। लगता है वे केवल मेरा उत्साह बढ़ाने के लिए ऐसा बोल दिए होंगे।" उसे अपनी पुरानी भेंट याद आई। "लेकिन आत्मविश्वास की तो मुझ में कोई कमी ही नहीं थी। उलटा मैं तो शर्त जीतने के उद्देश्य से आई थी। और उन्होंने मुझे एक नई शर्त में उलझा कर एक सीख दी थी। वरना मैं तो कितनी बुद्धू थी…!" वह अपने पर ही हँसने लगी। "...कुछ सोच-विचार किए बिना ही निर्णय लेती थी।" उसने इन बातों को भी अब लिख दिया। उसकी दृष्टि पास रखी पुस्तकों पर पड़ी। "और फिर ये पुस्तकें! इन में ही जाने क्या-क्या ढूँढती रही। सब कुछ मिल गया लेकिन लगता है कुछ रह गया। क्या रह गया, पता नहीं। उसके लिए अब फिर यहाँ बैठे सोच रही हूँ। अपने-से बातें कर रही हूँ। कुछ भी लिख रही हूँ।" रसिका ने अपने द्वारा भरे हुए पन्ने देखे। उसे विश्वास नहीं हो रहा था कि यह सब उसने लिखा है, वह भी अपने बारे

में। वह उसे आश्चर्य से बार बार पढ़ने लगी।

"मैं कैसी हूँ? इस बात पर तो कभी ध्यान ही नहीं दिया। मुझे यह तो पता था कि मेरी सहेली ऐसी है, पड़ोसी ऐसे हैं, घरवाले ऐसे हैं। लेकिन कभी ध्यान ही नहीं गया कि मैं कैसी हूँ। इससे पहले अपने बारे में कब सोचा था? याद ही नहीं। ऐसा लग रहा है अपने मन में क्या है यह जानती ही नहीं। कब से बात जो नहीं की अपने आप से। बिल्कुल अरुण की तरह...।" रसिका अपने मन के विचारों को साथ-साथ लिख रही थी कि अचानक रुक गई। "... अरुण की तरह... ।" वह सोचने लगी। "... हाँ, वह भी तो अपने मित्र से दूर होकर उसे भूल सा गया था। लेकिन मिलते ही पहचाना गया। हालांकि अपनी भूल नहीं स्वीकारी। और मैंने यह सीखा था कि किसी से संपर्क टूट जाए तो जोड़ने की पहल करने में कोई बुराई नहीं। मन भी हल्का हो जाता है। जैसे अभी हल्का हो रहा है...।" रसिका के मन में एक प्रकाश सा चमका और वह अपने लिखे पन्ने उठाकर अध्यक्ष महोदय की ओर भागी।

* * *

"मुझे लगता है जिस अज्ञात व्यक्ति को मैं ढूँढ रही थी, वह मुझे मिल गया है।" रसिका ने कक्ष में प्रवेश करते ही हाँफते-हाँफते कहा। अध्यक्ष महोदय ने अपनी कलम रोकी और सर उठाकर उसकी ओर देखा।

"वाह! हमारा भी परिचय करवाओ।" अध्यक्ष महोदय ने उत्साह से कहा।

"जैसे आप तो जानते ही नहीं।" वह कुर्सी पर बैठते हुए बोली।

"मैं कैसे जान सकता हूँ।" अध्यक्ष महोदय ने भोली-सी सूरत बनाकर कहा।

"जैसे आप सब जान जा जाते हैं। चलिए छोड़िए, जानती हूँ आप मेरे मुँह से ही सुनना चाहते हैं। मैं ही कहती हूँ। क्योंकि मैं ही तो हूँ। यानी 'मैं' ही तो हूँ जो अपने लिए महत्त्वपूर्ण हूँ, लेकिन कुछ समय से अपने को भूल रही थी। और इस बात से दुःखी थी और उसका कारण औरों को मानती थी। और बाहर ही सुख ढूँढने का प्रयास कर रही थी।" रसिका की बात को अध्यक्ष महोदय गर्व से सुन रहे थे। उसने अपने विचार प्रवाह का सारा वृतान्त सुनाया और कैसे इस निष्कर्ष पर पहुँची, इसका वर्णन किया।

"मैं सही हूँ न?" रसिका ने अंत में पूछा। अध्यक्ष महोदय थोड़ा-सा मुस्कुराए और पलकें झपकाकर सहमति दी।

"लगता तो ऐसा ही है।"

"तो फिर यह बात आपने मुझे पहले क्यों नहीं बताई मैंने इतने दिन नष्ट कर दिए।" रसिका ने निराशा जताई।

"तुम मुझे पहले मिली ही कहाँ थीं?"

"अरे, क्या बात कर रहे हैं? इतने दिनों से किस से बात कर रहे थे? मैं ही तो थी।" वह समझी नहीं कि अध्यक्ष महोदय ऐसा क्यों जता रहे हैं कि वो पहली बार मिले रहे हों।

"जो मुझे मिली थी वह तो कोई और ही व्यक्तित्व की युवती थी। जिसका व्यवहार, विचार, दृष्टिकोण, सब ही उसके अहंकार और अति आत्मविश्वास को दर्शाते थे। क्या वह हठी नायिका यह स्वीकार कर सकती थी कि जिस शरीर में वह रहती है उससे ही वह कितनी दूर है? आज जिन बातों और विचारों का उद्भव तुम्हारे मन में हुआ है क्या वह इन बातों को समझ सकती थी?" अध्यक्ष महोदय ने कारण बताया। रसिका भी सोच में पड़ गई।

“सो तो है।” उसने धीरे से कहा। उसके चेहरे पर आए आत्मग्लानि के भाव को देख अध्यक्ष महोदय ने बात को बदला।

“लेकिन अब हमारी नायिका ने अपनी योग्यता और बुद्धिमानी को सिद्ध कर दिया है। पढ़ने का महत्त्व भी जान गई है और लिखने का भी। मैं तुम्हारी लिखी हुई कहानी पढ़ना चाहूँगा।”

“कहानी? कहानी तो मैंने लिखी ही कहाँ है। मेरे बस की बात नहीं।” रसिका ने हाथ खड़े कर दिये।

“अरे, मैंने अभिमानी न होने की बात कही थी लेकिन आत्मविश्वास तो होना आवश्यक है ना?”

“लेकिन आप ही बताएँ आत्मविश्वास कैसे आएगा। ये देखिए। चार घंटे लगाकर चार पन्ने लिखे लेकिन चार पंक्तियाँ भी पढ़ने योग्य नहीं।” उसने अपनी कमी छुपाई नहीं।

“वाह! अलंकार का प्रयोग, तुम्हें कहानी नहीं कविता लिखनी चाहिए।” अध्यक्ष महोदय ने तुरन्त टिप्पणी की।

“आप उपहास कर रहे हैं? यहाँ कहानी लिखना भारी है और कविता की बात कर रहे हैं! मुझे तो कविताएँ जल्दी से समझ भी नहीं आतीं।” रसिका अडिग थी।

“ठीक है, फिर कभी। जब तक मन से न आए तब तक दबाव नहीं डालना चाहिए। जब भी लिखोगी तब पढ़ लूँगा। मैं कहाँ भागा जा रहा हूँ!”

“भागी तो मैं भी कहीं नहीं जा रही। लेकिन लिखना, यह तो कभी नहीं हो सकेगा।”

“कभी नहीं?” अध्यक्ष महोदय ने उसे फिर विचलित कर दिया। वह भी कोई उत्तर न दे सकी। “वैसे जो भी लिखा है उस तरह से लिखते रहना। वो

भी पर्याप्त है।" अब उन्होंने अधिक बल देना उचित नहीं समझा।

"जी बिल्कुल। अपने को थोड़ा और समझने का प्रयास करूँगी अपने ही द्वारा। बहुत दिन हो गए थे, स्वयं को भूल-सी गई, और फिर अपनी कहानी मैं दूसरों की पुस्तकों में ढूँढने लगी...।"

"देखो, कविता रचना आरंभ भी कर दिया।" अध्यक्ष महोदय की प्रतिक्रिया पर रसिका ने भी विचार किया।

"हाँ, कुछ-कुछ लगता तो है, लेकिन कहीं कुछ गड़बड़ है।

"एक बार शब्द बदलकर पुनः प्रयास करो।" रसिका ने ऐसा ही किया। उसने कुछ पंक्तियाँ लिखीं, फिर कुछ शब्दों को आगे पीछे कर नईं पंक्तियाँ बनाने का प्रयास किया।

"यह सुनिए:

बहुत दिन बीत गए
कही औरों की मानी
दूसरों की पुस्तक में
ढूँढते अपनी कहानी

क्या आपको ठीक लग रहा है?"

"अच्छा तो है! तुम तो यूँ ही डर रही थीं।"

"लेकिन बचकानी-सी नहीं लगती? कुछ भार नहीं है, कोई कठिन शब्द भी नहीं है, बस तुकबंदी है।" रसिका अपनी रचना से प्रभावित नहीं थी।

"कोई बात नहीं। आरंभ ही है। पहले ही दिन महाकवि तो नहीं बन

जाओगी।" अध्यक्ष महोदय उत्साह कम नहीं होने देना चाहते थे।

"हाँ, देखा जाए तो मुझे तो इतने की भी आशा नहीं थी।" रसिका कुर्सी से उठ गई और चलने की तैयारी करने लगी। आगे लिखने का प्रयास करती हूँ। फिर आप से राय लेती हूँ। धन्यवाद।"

"कोई बात नहीं।"

"वैसे...।" रसिका दरवाज़े की ओर जाकर पलटी, "...एक बात बताइए, ये जो आपका मोहन था, वो अब कैसा है?" रसिका का यह प्रश्न अध्यक्ष महोदय के लिए आकस्मिक था। वे उसका तात्पर्य नहीं समझे।

"अच्छा है, क्यों?"

"नहीं, बस जानना चाहती थी कि आज मुझ से मिलकर कैसा लगा।" रसिका ने उत्तर दिया। अध्यक्ष महोदय के चेहरे पर आश्चर्य स्पष्ट दिखाई दे रहा था। स्थिति यूँ हो गई मानो कि दोनों के पात्रों ने स्थान परिवर्तन कर लिया हो।

"तुम कब मिलीं?"

"अभी तो। क्यों, आपका 'मन' ही 'मोहन' है न। है न?" उसने मुस्कुरा कर कहा।

"ओह, तो तुम जान गई।"

"हाँ, अब तो मानेंगे न कि 'नायिका' भी परतें खोलकर पढ़ना और सुनना सीख गई है?" रसिका की बात पर अध्यक्ष महोदय ने मुस्कुराकर सर हिला दिया। वह भी हँस दी। "वह यह जान गई है कि यह खेल भी आपका रचा था और यह कहानी भी।" उसने अपनी बुद्धिमत्ता सिद्ध कर दी।

अध्याय
आठ

रसिका के लिए अध्यक्ष महोदय प्रेरणा का एक विशेष स्रोत बन गए थे। वह उनके जैसा बन जाना चाहती थी इसलिए अब उनका अनुसरण करने लगी थी। लेकिन अनुसरण भी अनुकरण में बदल गया। जिस प्रकार वे हर कार्य समय पर करते और अपने नियमों का कठोरता से पालन करते, उसने भी वैसा ही करना उचित समझा। उसने अब अपने दैनिक क्रियाओं के लिए एक निश्चित समय सारिणी बना ली। इसमें पुस्तकालय में बैठकर पुस्तकें पढ़ने का समय तो निर्धारित था ही, कुछ समय कुछ लिखने के लिए भी रखा गया था। जहाँ पठन उसकी शब्दावली व ज्ञान का विस्तार करता वहीं लेखन उसके विचारों को आकार देता। उसके कितने विचार अपने थे एवं कितने विभिन्न पुस्तकों से ग्रहण किए - इसका उसे बोध न था और न ही इससे उसके दैनिक जीवन में कोई विशेष प्रभाव ही पड़ता। लेकिन उसे दृढ विश्वास हो गया था कि किसी की कोई भी समस्या हो उसे यहाँ समाधान मिल सकता है। वह यह मानने लगी थी कि उसे ज्ञान का वह विराट कोष प्राप्त हो गया है जिससे वह किसी को भी अपनी बौद्धिक श्रेष्ठता का प्रमाण दे सकती है।

वह यह प्रयास करने लगी थी कि अन्य लोग भी उसका अनुसरण

कर पुस्तकालय आएँ, व पुस्तकों से परिचित हों। उसकी इच्छा यह थी कि उसकी बातें मानकर उसके परिचित लोग तो कम से कम उसकी इस नई खोज का लाभ उठाएँ। लगभग वैसे ही जैसे किसी नवज्ञानी व्यक्ति को कोई अनुयायी मिल जाता है जो उसके ज्ञान को अन्तिम सत्य एवं उसे ईश्वर तुल्य मानकर एक नया पंथ आरंभ कर देता है। उसकी चेष्टा यही होती है कि अधिक से अधिक लोग उसके ज्ञान का लाभ लें। यह परमार्थ का निःस्वार्थ भाव ही धीरे-धीरे स्वार्थ का रूप लेने लगता है। क्योंकि यदि प्रयासों का अपेक्षित परिणाम दिखाई नहीं देता है तो मनुष्य प्रयास को केन्द्र मानकर आचरण करने लगता है और मूल कारण को तो भूल ही जाता है। और इस अग्नि का मुख्य ईंधन होता है उसका अभिमान। सर्वज्ञ होने का अभिमान।

रसिका को भी ऐसा ही अभिमान होने लगा था और किसी भी पंथ की भाँति उसके भी इस नए पंथ को विरोध एवं उपहास का सामना करना पड़ रहा था। वह अपनी बातों से किसी को भी विश्वास दिला ही नहीं पा रही थी। यह मानना किसी के लिए भी सहज नहीं होगा कि सृष्टि का असीमित ज्ञान कुछ पुस्तकों में गढ़ा जा सकता है। फिर भी उसने हार नहीं मानी और यही प्रयास करती रही कि जैसे उसने अपनी समस्याएँ सुलझाई हैं वैसे ही औरों की सुलझाने का चमत्कार कर दिखाए।

अंततः लोग तर्क से अधिक चमत्कार में विश्वास करते हैं!

* * *

रसिका को अपना यह लक्ष्य अब जटिल लगने लगा था। वह अपने विचारों की सत्यता को सिद्ध करने में इतनी मग्न हो गई थी कि उसका जीवन, जो अभी कुछ दिन पहले ही सामान्य होता दिखता था, पुनः डगमगाने लगा। न वह पढ़ने में मन लगा पा रही थी और न ही लिखने में। मन शान्त

हो तो व्यक्ति शोर में भी ध्यान लगा सकता है लेकिन मन ही अशान्त हो तो सन्नाटा भी कानों में गूँजने लगता है। अपनी ही सारणी के अनुसार न चल पाना भी उसे और तंग कर रहा था।

दो दिन बीत गए थे जब उसने कुछ लिखा हो। यह बात भी उसके मन पर दबाव बना रही थी। वह अपने सामने रखे कोरे काग़ज़ को देखकर निराश बैठी ही थी कि एकाएक उसे दूध की प्याली अपनी ओर बढ़ती दिखाई दी। निःसंदेह प्याली को बढ़ाने वाला हाथ जाना पहचाना था। रसिका ने सर उठाकर चायवाले की ओर देखा।

"आप? मैंने तो यहाँ नहीं लिखा है कि मुझे कुछ चाहिए।" रसिका ने रिक्त पर्ची की ओर संकेत करते हुए कहा।

"जी, लेकिन जब आप परेशान होती हैं। तब आप दूध ही पीना पसंद करती हैं।" चायवाले ने उत्तर दिया। रसिका स्तब्ध रह गई। वह नहीं जानती थी कि उसे अधिक आश्चर्य किस बात का था - उसके यह जान लेने का कि वह परेशान है या यह समझ लेने का कि उसे अभी दूध की आवश्यकता होगी।

"आपने कैसे पहचाना?" उसने जिज्ञासावश पूछा।

"यदि मैं ग्राहक को समझ न पाऊँ तो मुझे यह काम छोड़ देना चाहिए।"

"ओह, यह प्रवचन आपने कौन सी पुस्तक में पढ़ा?"

"कहीं नहीं। मैं कहाँ कोई पुस्तक पढ़ा हूँ।"

"पढ़नी चाहिए, इसे ज्ञानवर्धन और बुद्धि का विकास होता है।"

"जी, ठीक है। लेकिन आपने बताया नहीं आप परेशान क्यों हैं?" चायवाले ने बात आगे बढ़ाई।

"अब मैं आपको क्या बताऊँ," रसिका ने दूध की प्याली उठाते हुए कहना आरंभ किया, "मैंने दो दिन से कुछ नहीं लिखा है, कुछ पढ़ा भी ढंग से नहीं है। मेरी पूरी दिनचर्या ही बिगड़ गई है।" उसने एक घूँट भरी।

"ओह, क्या आपको कुछ आवश्यक कार्य करना है? कब तक पूरा करना है आप को?"

"नहीं, ऐसा कोई विशिष्ट कार्य नहीं है। ये तो दैनिक अभ्यास है। मैं प्रतिदिन कुछ लिख लेने का प्रयास करती हूँ...।"

"लेकिन आपने तो कहा था कि आप कोई लेखिका नहीं हैं?" चायवाले ने बीच में टोका।

"हाँ, लेखिका नहीं हूँ। पर लिखने का प्रयास करती हूँ। जैसे यह सुनिए:

बहुत दिन बीत गए
कही औरों की मानी
दूसरों की पुस्तक में
ढूँढते अपनी कहानी।

मेरे विचार क्या थे
अब तो वो भी याद नहीं
लड़ाई की सबसे लेकिन
स्वयं से किया विवाद नहीं।

अपने से परिचर्चा में

अब अच्छा समय बिताना है

मैं क्या हूँ यह मुझको

स्वयं को ही समझाना है।

साहित्य की दृष्टि से तो अच्छा नहीं है। पर विचार व्यक्त करने के लिए पर्याप्त है।"

"अच्छा, समझा। पर आपने लिख तो लिया ही है। फिर अब क्या रह गया है?"

"अरे, ये तो इतने दिन पहले लिखा था ना। अभी कुछ नया हो ही नहीं रहा है। न शब्द सूझ रहे न वाक्य।"

"लेकिन इसमें परेशान होने वाली क्या बात है? जब बनेगा तब हो जाएगा। तब तक क्या छुट्टी नहीं मान सकते हैं?" चायवाले ने प्रश्न किया।

"ऐसा नहीं होता भैया, अपने नियमों को बना कर उसका नियमित पालन करना चाहिए। इससे ही अनुशासन आता है।"

"अच्छा, लेकिन क्या लिखना ऐसा कार्य है जो प्रतिदिन किया जा सकता है?"

"हाँ, क्यों नहीं, सबको करना चाहिए। आपने देखा नहीं अध्यक्ष महोदय भी प्रतिदिन कुछ न कुछ लिखते रहते हैं।" रसिका को ज्ञान बाँटने के लिए जैसे श्रोता मिल गया।

"अच्छा, मुझे नहीं पता था। लेकिन लिखने से क्या लाभ होता है?" चायवाले की जिज्ञासा बढ़ी।

"लिखने से हमारे विचार हमारे सामने आते हैं, जानकारी का आदान-प्रदान होता है।"

"और उससे?"

"जब ज्ञान बढ़ता है तो हम सभी परेशानियों से मुक्त हो जाते हैं।"

"लेकिन किसी दिन न भी हो तो क्या हुआ?"

"वैसे कोई बात नहीं, लेकिन जब अपने लिए कोई नियम बनाते हैं तो उनका पालन अनिवार्य हो जाता है।" रसिका ने स्पष्टीकरण दिया। वह उतना ही कह पा रही थी जितना उसने अध्यक्ष महोदय की बातों से समझा था।

"ओह, तो आप इसलिए लिख रही हैं कि आप नियम के बंधन में हैं और यही बात आपको परेशान कर रही है, लिखने के लिए कुछ है नहीं और उसके बिना मुक्त कैसे होंगी। मुक्ति की चाह ने बंधन में बाँध दिया!" चायवाले के प्रश्न में भी एक निष्कर्ष-सा था और उसकी इस बात ने रसिका को सोच में डाल दिया।

क्या वह वास्तव में बंध गई थी? अपनी दैनिक सारणी का पालन करने के लिए उसने पिछले कितने ही दिनों से कठोरता में जीवन व्यतीत किया। परिणाम भी सुखद ही दिखते थे। लेकिन साथ ही कुछ महत्त्वपूर्ण क्षण, जिनकी जीवन में पुनरावृत्ति होने की संभावना कम ही थी, उसने गँवा दिए थे। चायवाले का कथन उसके कानों पर गिरा तो वे भी अपने बिल से बाहर आए। उसकी नई अवधारणा जैसे हिल-सी गई थी। जो ज्ञान वह सब में बाँटना चाहती थी, उस पर अपना ही विश्वास शिथिल हो गया था। कहाँ वह दूसरे के प्रश्नों का उत्तर देने को तत्पर थी, और कहाँ अब अपनी ही विद्या संदेहास्पद हो गई थी।

त्रुटि की संभावना तो उसे दिखाई नहीं दी लेकिन जब भवन हिला है तो नींव में कोई तो कमी रही होगी। लेकिन क्या? इसका उत्तर तो एक ही वास्तुकार दे सकता था...।

* * *

"तो इन में से कौन-सा प्रश्न ऐसा है, जिसने नायिका को इतना विचलित कर दिया है?" अध्यक्ष महोदय ने रसिका द्वारा बताया गया पूरा वृत्तांत सुनने के बाद पूछा।

"मुझे तो सभी प्रश्न तंग कर रहे हैं, समझ नहीं आता कि पूछना भी चाहिए या नहीं।" रसिका ने उत्तर दिया।

"प्रश्न तो अवश्य करने ही चाहिए, जो प्रश्न करता है उत्तर तो उसको ही मिल सकता है, अन्य तो केवल अपनी कल्पना को सत्य मानकर उसी भ्रम में जी लेते हैं। अब निर्णय तुम्हें करना है कि भ्रम में जीना है या यथार्थ को समझना है।" अध्यक्ष महोदय ने उत्साह बढ़ाया।

"आप ठीक कहते हैं, मैं भ्रम नहीं पालना चाहती किन्तु जो भी सच जानती हूँ, जो भी उत्तर पाती हूँ, अंत में वह भी असत्य ही प्रतीत होता है। कभी कभी लगता है कि भ्रम मुझे पाल रहा है।" उसकी निराशा बिल्कुल छुपी नहीं थी। अपने पथ पर से भरोसा भले उठ रहा हो लेकिन मार्गदर्शक पर अभी भी विश्वास था। और उस विश्वास ने ही उसे साहस प्रदान किया। "जैसे आपने ही एक बार नियम पालन का महत्त्व बताया था, अब जब मैंने उसे अपना लिया है तो एक नई विचारधारा मेरे सामने आती है जो उसे अनुचित बताती है। अब मैं किसे सही मानूँ?" रसिका ने पहला प्रश्न रखा।

"जो नियम पालन योग्य न हो उसे बदला तो जा सकता है।"

"फिर किसी नियम का क्या ही औचित्य रह जाएगा? कोई भी तोड़ता रहेगा। इससे तो अच्छा है कि ये नियमों का ढोंग ही न हो।"

"नियम अनुशासन के लिए होते हैं, बंधन के लिए नहीं। हर एक नियम को किसी उद्देश्य से बनाया जाता है। यदि वह उद्देश्य पूर्ण न होता हो तो उस नियम को या तो हटा देना चाहिए या बदल देना चाहिए - इससे पहले कि कोई उसे तोड़ने लगे या उससे बंधकर स्वयं टूट जाए। दोनों ही स्थितियाँ

भयंकर हैं, एक से अनुशासन भंग होता है जो कि अव्यवस्था उत्पन्न करता है, तो दूसरे से विश्वास को हानि पहुँचती है जो अराजकता को जन्म देती है।" अध्यक्ष महोदय ने पहले से अधिक विस्तार से सिद्धान्त समझाने का प्रयास किया। रसिका ने भी ध्यानपूर्वक सुना।

"फिर मुझे क्या करना चाहिए? बदलना या हटाना?"

"इसका निर्णय तो तुम्हें लेना होगा। यदि उद्देश्य ज्ञात हो तो निष्कर्ष पर पहुँचना कठिन नहीं है।"

"मैं तो यह चाहती थी कि मेरी बातों को भी लोग अनुकरणीय मानें। यदि कुछ अच्छा पढ़ और लिख सकती तो मुझे बहुत शब्द, उपाय मिल जाते और स्रोत भी जिनको मैं उल्लेखित कर सकती। और लिखने का सुझाव आपने ही तो मुझे दिया था!" रसिका ने स्पष्ट किया।

"यह तो अच्छी बात है, फिर कठिनाई क्या है?"

"बात यह है कि मैं पिछले दो दिन से कुछ सोच नहीं पा रही हूँ और लिख भी नहीं पा रही हूँ। इससे मेरी बनाई पूरी समय सारिणी भंग हो गई है।"

"अर्थात् बनाया गया नियम उद्देश्य को पूर्ण भी नहीं कर रहा और कुछ और करने से भी रोक रहा है।"

"कह सकते हैं।" रसिका ने कुछ सोचकर कहा।

"निष्कर्ष पर पहुँच गई हो लगता है।" अध्यक्ष महोदय ने टिप्पणी की।

"यानी मुझे एक निश्चित समय पर लिखने का प्रयास नहीं करना चाहिए बल्कि जब विचार तैयार हों तब लिखना चाहिए।" रसिका ने कुछ सोचकर स्वयं ही सुझाव साझा किया। अध्यक्ष महोदय ने मुस्कुराकर कंधे उचका दिये। घड़ी भी अब चलने की ओर संकेत कर रही थी। "अरे, मेरे प्रश्न अभी पूरे नहीं हुए हैं।" अध्यक्ष महोदय को चलने की तैयारियाँ करते देख उसने

टोका।

"लेकिन मेरा समय अब पूरा हो चला है। नियमानुसार मुझे चलना होगा जब तुम फिर कभी आओगी तब मिलेंगे। मुझे विश्वास है कि हमारी नायिका के पास तब बहुत से उत्तर और कुछ नए प्रश्न होंगे।" अध्यक्ष महोदय अब अपनी कुर्सी से उठ चुके थे।

"अरे वाह, अभी तक आप मुझसे अनुशासन, बंधन, अवव्यस्था और जाने क्या-क्या कहकर नियम बदलवा रहे थे, और अब अपनी बारी आई तो चलते बने।" रसिका ने भी खड़े होकर विरोध जताया।

"मैंने नियम बदलने के लिए नहीं कहा, इसका निर्णय तो...।"

"हाँ, हाँ जानती हूँ मुझे लेना है। लेकिन जो भी सिद्धान्त आपने बताया है वो आप पर भी तो लागू होना चाहिए। आप अपने नियम तो कभी बदलते ही नहीं। क्या यह विरोधाभास नहीं है?" रसिका के इस प्रश्न में जिज्ञासा नहीं बल्कि चुनौती थी।

"यदि विरोधाभास लगता है तो मत मानो।" अध्यक्ष महोदय उसको पार करके आगे बढ़ गए।

"अरे ऐसे कैसे? ..." वह भी उनका रास्ता रोककर सामने खड़ी हो गई। "...आज तो निर्णय होकर रहेगा।" उसने हठ की।

"किस बात का?" अध्यक्ष महोदय ने भोला-सा चेहरा बनाकर पूछा।

"यही कि आप अपना नियम बदलेंगे कि नहीं।" रसिका ने स्पष्ट किया।

"मैं क्यों बदलूँगा? मुझे क्या असुविधा है?"

"आपको न हो मुझे तो है।"

"लेकिन क्या?"

"यही कि बात कितनी भी महत्तवपूर्ण क्यों न हो, उधर घड़ी की सुइयाँ सीधी खड़ी हुईं इधर आप उनका साथ निभाने लगे। जिस नियम से आप मुझे अकेली छोड़ देते हैं क्यों उसे बदल नहीं देते? क्या यह उचित है कि आप हर बार मुझे उलझनों में अकेली छोड़कर चले जाते हैं?" रसिका ने इतने समय मन में रखी व्यथा आज कह ही डाली।

"मैंने कभी तुम्हें अकेली नहीं छोड़ा, सदैव तुम्हें और तुम्हारे प्रश्नों को तुम्हारे ही साथ एकान्त में छोड़ा है। और पुस्तकें तो यहाँ रहती ही हैं सहायता के लिए।" अध्यक्ष महोदय ने स्पष्टीकरण दिया।

"लेकिन, यदि वही बातें आप सीधा मुझे बोल दें तो क्या आपत्ति है? क्या इससे समय की बचत नहीं होगी?"

"बिल्कुल होगी, लेकिन इससे तुम्हारे विचार बाहर नहीं आएँगे, फिर कैसे निर्णय ले सकोगी कि मेरी कोई बात स्वीकारने योग्य भी है या नहीं?"

"लेकिन मैं तो आपकी बातों को मान ही लेती हूँ न?" रसिका का कहा सुनकर अध्यक्ष महोदय ने चेहरे से संदेह व्यक्त किया। "अच्छा ठीक है, पहले नहीं मानती थी, पर जब भी आप कोई बात तर्क सहित बताते हैं तो स्वीकार लेती हूँ। आप से तो पुस्तकों का महत्त्व समझा, लिखने का भी। मैंने तो औरों को भी समझाने का प्रयास किया लेकिन कोई मेरी बात मानता ही नहीं। लेकिन जो आप बोलते हैं उसे अब बिना संदेह किए मान लेती हूँ। आपको तो मुझे अपनी सबसे प्रिय अनुयायी मानना पड़ेगा।"

"यही तो मैं नहीं चाहता।"

"क्या?"

"मैं नहीं चाहता कि तुम मेरी हर बात मानकर बस आगे दोहरा दो। मैं नहीं चाहता कि तुम कोई पुस्तक पढ़ो और उसमें लिखी बातों को बिना

परखे सच मान लो।"

"लेकिन क्यों? इससे समय की बचत नहीं होती? और प्रेरणा के कुछ शब्द पढ़कर यदि मैं दोहरा भी देती हूँ तो इससे किसी का उत्साहवर्धन नहीं होगा?" रसिका ने अपना तर्क प्रस्तुत किया।

"तुमने सूर्य और चंद्रमा को आकाश में देखा है?" अध्यक्ष महोदय ने सीधा उत्तर नहीं दिया बल्कि एक उदाहरण की रूपरेखा बनाई।

"हाँ, लेकिन चाँद-सूरज कहाँ से आ गए?"

"दोनों में क्या अंतर है?"

"अंतर तो बहुत हैं, जैसे सूरज तारा है और चाँद एक उपग्रह है। पृथ्वी सूर्य के चक्कर लगाती है और चंद्रमा पृथ्वी के। सूरज दिन में चमकता है और चाँद रात में।"

"बहुत अच्छे, पर एक महत्त्वपूर्ण अंतर भूल रही हो - सूर्य अपनी ऊर्जा से ही चमकता है, लेकिन चंद्रमा केवल सूर्य की रोशनी के कारण। उसकी अपनी रोशनी नहीं होती। सूर्य ही पृथ्वी की सारी ऊर्जा का कारण है। उससे केवल दिन नहीं होता बल्कि सारा भोजन चक्र भी उससे ही चलता है, जलचक्र भी। चंद्रमा रात में रोशनी तो प्रदान करता है लेकिन ऊर्जा नहीं। वह अपने बल से लहरें उठा सकता है, लेकिन पृथ्वी को अपनी कक्षा में सूर्य का बल ही रखता है।" अध्यक्ष महोदय की बात रसिका ध्यान से सुनने लगी। "इस प्रकार ही यदि तुम मेरी कही या किसी पुस्तक में लिखी बात दूसरों पर दोहरा दोगी तो संभव है कि उन्हें कुछ उत्साह मिल जाए लेकिन ऊर्जा नहीं मिल सकेगी। वह तो केवल तब ही होगा जब तुम्हारे भीतर से उत्पन्न किरणें मिलें, जिनमें तुम्हारा अनुभव हो। जो इन पुस्तकों को पढ़ने मात्र से नहीं मिलेगा।"

"ओह, तो क्या जो मैं अब तक करती आ रही थी वह निरर्थक है? अनुपयोगी है?"

"क्या चंद्रमा का अस्तित्व निरर्थक या अनुपयोगी है? नहीं। चंद्रमा की चाँदनी ऊर्जा भले न दे लेकिन शीतला प्रदान करती है। रात में पथ प्रदर्शित कर सकती है। उपयोगी है लेकिन पर्याप्त नहीं। अमावस्या की रात फिर भी झेली जा सकती है, पर सोचो कभी दिन ही न हो तो क्या होगा?

"हाँ, अब कुछ समझ आ रहा है।" रसिका ने सारी बात पर विचार करना आरंभ किया। एकाएक उसे दरवाज़ा बंद करने की ध्वनि सुनाई दी। अध्यक्ष महोदय बाहर निकल चुके थे। वह फिर उनके पीछे भागी। इस बार उसने रास्ता नहीं रोका लेकिन साथ-साथ चलती रही।

"अच्छा बस एक और प्रश्न का उत्तर दे दीजिए।" उसने हाँफते-हाँफते कहा।

"हाँ, पूछो।"

"आपने तो इतनी पुस्तकें पढ़ीं हैं इसलिए आपके पास अपार ज्ञान है, मैं भी कुछ पुस्तकें पढ़ने लगी हूँ, तो नित नई-नई जानकारी मिलती है। आप सब कुछ कहने से पहले ही जान लेते हैं। आगे क्या होगा इसका भी अनुमान लगा लेते हैं। मुझे यह समझ आया कि यह सब आप इसलिए कर पाते हैं कि आपने उन पुस्तकों में सब कुछ पहले से पढ़ लिया है, और कहानी को वास्तविकता से जोड़ने की कला में आप निपुण हैं। लेकिन ये चायवाले भैया सब कुछ कैसे पकड़ लेते हैं? कैसे आज मेरे बिना कुछ कहे मेरी मनोदशा समझ गए? और आज ही नहीं, मैंने पहले भी देखा है, किसी कहानी को पढ़ लेने के बाद भी जो अर्थ मैं नहीं निकाल पाती उसे वे बिना पढ़े ही दोहरा देते हैं। उन्होंने तो कोई पुस्तक नहीं पढ़ी। फिर इतनी समझ कैसे?" रसिका ने इतने दिनों से अनबुझी पहेली को भी पूछ ही लिया।

"हो सकता है उन्होंने लोगों को पढ़ा हो।"

"लोगों को पढ़ा हो? मैं समझी नहीं।"

"हर व्यक्ति की भी अपनी कोई कहानी होती है, जो उसकी मुख-मुद्रा से, व्यवहार से पढ़ी जा सकती है। संभव है कि उसने वही पढ़ा हो, इसको अनुभव से समझा जा सकता है। कभी कभी मैं इसका प्रयोग कर लेता हूँ।"

"अच्छा तो आप कह रहे हैं कि ये संसार एक पुस्तकालय है और सब लोग एक-एक पुस्तक?" रसिका ने निष्कर्ष निकाला। दोनों मुख्य द्वार तक पहुँच गए थे और अब वह बाहर उपस्थित लोगों को पुस्तकों के रूप में कल्पित करने लगी।

"मैं तो यह नहीं कह रहा हूँ। यह तो तुम कह रही हो।"

"तो फिर आप क्या कह रहे हैं?"

"मैं तो केवल इतना कह रहा हूँ कि यदि मैं चित्रकार होता तो संसार किसी चित्र की भाँति दिखाई पड़ता, नाटककार होता तो संसार को मंच और लोगों को पात्र की उपमा देता, यही सब संगीत और वाद्ययंत्र का आकार ले लेते यदि संगीतकार होता। हम जिस रूप में देखना चाहें सब वैसा ही दिख सकता है और फिर हमारी क्रिया-प्रतिक्रिया भी वैसी होने लगती है। लेकिन अंत में परिणाम एक समान ही होता है। इस समय हम पुस्तकालय के द्वार पर हैं इसलिए संसार को भी उस ही की उपमा प्राप्त हो गई।" अध्यक्ष महोदय ने पहेली सुलझाने का रास्ता सुझाया।

"फिर मेरे लिए क्या उचित रहेगा?" रसिका अब भी शंका में थी।

"इसका निर्णय तो तुम्हें लेना है।" अध्यक्ष महोदय ने मुस्कुरा कर कहा।

"ओह, ये सब इतना जटिल क्यों है? क्यों कोई बात सीधी और स्पष्ट नहीं है? न आपकी न इस संसार की। इतनी कहानियाँ क्यों, पहेलियाँ क्यों?"

रसिका ने अपनी निराशा को अव्यक्त नहीं रखा और सर झुका लिया।

"क्योंकि इसमें ही तो 'रस' है।"

"रस?"

"हाँ, रस। और जीवन में सब रस ही तो ढूँढते हैं, है न... 'रसिका'?" अध्यक्ष महोदय ने मुस्कुराकर कहा। उनके मुख से पहली बार रसिका ने अपना नाम सही सुना और उसके मन में विचित्र सा कंपन हुआ। उसे अपने नाम का ऐसा अर्थ समझ आने लगा जो उसने कभी नहीं सोचा था। वास्तव में उसने कभी इस बारे में विचार ही नहीं किया था।

उसकी आँखें खुलकर बड़ी हो गईं। उसने आश्चर्य से सर उठाया। अध्यक्ष महोदय अब आगे बढ़ चुके थे। वह उन्हें रोकना चाहती थी पर स्वर निकला नहीं, मुख स्थिर हो गया, समय ठहर सा गया, किन्तु वे न रुके। वह कुछ बोल न सकी। केवल द्वार पर खड़े उन्हें जाता देखती रही। वे आँखों से ओझल हो गए पर उनका प्रकाश अभी भी रसिका तक पहुँच रहा था, उसे ऊर्जा प्रदान कर रहा था।

जब वह चेतना में आई तो देखा कि जिस चौखट पर वह खड़ी थी उसके एक ओर पुस्तकों से सुसज्जित पुस्तकालय था और दूसरी ओर...?

अध्याय
नौ

आज जब अध्यक्ष महोदय पुस्तकालय आए तो अपन कक्ष में अपने नाम का पत्र पाया। सामान्यतः वे किसी पत्र को देखकर अति उत्साहित नहीं होते थे, किन्तु आज प्रेषक का नाम पढ़कर वे स्वयं को रोक न सके। यह पत्र इसलिए भी महत्त्वपूर्ण हो गया था क्योंकि रसिका से पिछला वार्तालाप हुए तीन दिन बीत चुके थे, और तब से ही वह पुनः पुस्तकालय नहीं आई थी।

उसके मन में क्या चल रहा होगा? क्या वह सभी बातों का सही अर्थ समझ पाई होगी? क्या उसने अपने प्रश्नों के उत्तर ढूँढ निकाले? या केवल रुष्ट होकर अभिमान की बेड़ियों में बंधी बैठी है? बिना पूछे उत्तर मिलने नहीं थे, परन्तु वह तो उपलब्ध ही नहीं तो पूछते किससे? ऐसे में उसका यह पत्र कुञ्जी के रूप में प्राप्त हुआ था। अध्यक्ष महोदय ने उसे खोलने में तनिक भी देर न की और पढ़ने लगे।

* * *

नमस्कार अध्यक्ष महोदय,

आशा है आप सकुशल होंगे। मैं भी ठीक हूँ। आप यह सोच रहे होंगे कि मैं इतने दिनों से क्यों नहीं आ रही हूँ। मैं यह स्पष्ट कर देना चाहती हूँ कि इसका कारण किसी प्रकार का रोष अथवा अभिमान नहीं है। पिछले कुछ दिनों में मैंने पुस्तकालय में बहुत कुछ सीखा। सच कहूँ तो इसकी मुझे आशा भी नहीं थी। और आपके मार्गदर्शन के बिना यह संभव भी नहीं था। बचपन में कभी सुना तो था कि पुस्तकें हमारी मित्र सरीखी होती हैं, लेकिन कभी स्वीकारा नहीं था। और जब आपने उनसे पुनः परिचय करवाया तो वही बात झुठलाने का कारण ढूँढते न मिला।

जिस स्थान पर आना मेरे लिए एक शर्त मात्र ही था, वह कब मेरे लिए जीवन का भाग बन गया, पता ही नहीं चला। प्रतिदिन यहाँ आने का अपना ही रोमांच था। मुझे याद नहीं कि कभी मैंने किसी कार्य को इतना नियमित रूप से किया हो जितना कि पुस्तकालय में आना। और आगे भी यही होना था, लेकिन जीवन बहुत अप्रत्याशित है। कब किस ओर ले चले यह कोई नहीं बता सकता, कम से कम मैं तो नहीं।

हर एक दिन कुछ नया पढ़ना, कुछ नया सीखना और फिर उसके विपरीत एक नये दृष्टिकोण के दर्शन! इन सब ने जितना रोमांचित किया है, उतना उलझाया भी है। जब जब मैंने धैर्य खोया तब तब आपने उसे मार्ग पर लाने में सहायता की। इस आशा से ही मैं आपके पास इस बार भी आई थी। मैंने आपसे की हुई बातचीत पर बहुत विचार किया। ऐसा नहीं है कि मुझे कुछ उत्तर नहीं मिले, लेकिन प्रश्नों का भी अंत नहीं हुआ। फिर अचानक ही मुझे एक बहुत पुरानी कहानी याद आई। मैंने उसे कहाँ पढ़ा या सुना था यह तो याद नहीं लेकिन अपने शब्दों में उसे आपके लिए प्रस्तुत करती हूँ जिससे आप मेरी भावना व भावी योजना समझ पायें।

* * *

प्राचीन समय की बात है। एक गुरुकुल में बहुत से शिष्य थे। गुरु की ओर से सभी को समान शिक्षा एवं श्रम कार्य दिए जाते थे और सबके लिए आश्रम में समान नियम भी थे। कोई भेदभाव न होते हुए भी कुमार भौम के प्रति गुरुदेव का अधिक स्नेह किसी से छुपा नहीं था। वह प्रतिभावान् था इसलिए किसी को आपत्ति भी नहीं थी। लेकिन कुमार आदित्य को यह बात खटकती थी। वह शस्त्र और शास्त्र के किसी भी ज्ञान में कुमार भौम से कम नहीं था फिर भी उसे वह प्रशंसा प्राप्त न हो सकी जो भौम को मिलती थी।

मन में कुंठा लिए वह एक ऐसे समय की प्रतीक्षा करता रहा जब उसे यह दिखाने का अवसर मिले कि वह सर्वश्रेष्ठ है। गुरुदेव सब कुछ परख सकते थे। इसलिए उसकी इच्छा से अपरिचित नहीं थे। कुमार आदित्य की मनोदशा अब चेहरे पर आती देख उन्होंने उसे मुख के रास्ते बाहर निकालने का निर्णय लिया।

एक दिन गुरुदेव ने जल भरण कार्य पर भेजने से पहले सबको अपने पास बुलाया।

"आज नेतृत्व कार्य मैं तुम सब में से ही एक साथी को दूँगा।" सब एक दूसरे को देखने लगे। "और वह है कुमार भौम।"

गुरु के निर्णय से किसी को आश्चर्य नहीं हुआ। गुरु का आदेश था इसलिए, कुमार आदित्य को भी मन मारकर जाना पड़ा। उस दिन कुमार भौम सब शिष्यों को ऐसे स्थान पर ले गया जो उनमें से किसी ने पहले कभी देखा नहीं था। उस अद्भुत स्थान को देख कुमार आदित्य समझ गया कि कुमार भौम की यह अतिरिक्त जानकारी उसे गुरु का प्रिय बनाती है। जो

कभी गुरु ने बताया न हो उसे भी कुमार भौम ने अधिक श्रम से ढूँढ़ या जान लिया था। उसने ठान लिया कि वह उससे भी अधिक ज्ञान प्राप्त कर लेगा और फिर सर्वश्रेष्ठ कहलाएगा।

वह प्रतिदिन साथ जाता लेकिन बीच में चुपके से अन्य स्थान खोजने लगता। रात में भी सब से छुपकर पोथियाँ बाँचता। धीरे-धीरे उसने बहुत से स्थानों की एक सूची बना ली और एक दिन प्रस्थान से पूर्व उसने गुरुदेव को रोक ही दिया।

"आचार्य! क्षमा चाहता हूँ, किन्तु आपको भेदभाव शोभा नहीं देता।" कुमार आदित्य ने कुमार भौम को नेतृत्व देने पर आपत्ति प्रकट की। सब आश्चर्य से देखने लगे।

"कुमार आदित्य! पुत्र, तुम कैसे भेदभाव की बात करते हो। मेरे लिए तुम सब समान हो।" गुरुदेव ने शान्तिपूर्वक कहा।

"फिर भौम को ही हर बार क्यों चुना जाता है? वह आपका प्रिय शिष्य है, पर क्यों? मुझ में तो कोई कमी नहीं। फिर मैं क्यों नहीं?" कुमार आदित्य के मन की बात व्यक्त हो ही गई। गुरुदेव को भी इसी क्षण की प्रतीक्षा थी।

"पुत्र मैंने तुम सबको बराबर की शिक्षा दी है। इसलिए उस आधार पर किसी का श्रेष्ठतम होना संभव नहीं है। फिर भी तुम यदि स्वयं को सिद्ध करना चाहते हो तो एक अवसर तुम्हें देता हूँ।" कुमार आदित्य ने झट से इस प्रस्ताव को स्वीकार कर लिया। "तो बताओ तुम्हारे अनुसार योग्य कौन माना जाए और क्यों?" गुरुदेव ने पूछा।

"जिसे जल के विषय में अधिकतम जानकारी हो, आचार्य।" उसने उत्तर दिया।

"उत्तम। जो भी मेरे प्रश्नों का सर्वश्रेष्ठ उत्तर देगा वही विजयी माना

जाएगा।” गुरुदेव ने सबके लिए प्रतियोगिता की घोषणा की। एक-एक कर बहुत से प्रश्न किए। सरल प्रश्नों के उत्तर सभी ने दे दिए किन्तु कठिनाई बढ़ते-बढ़ते प्रत्याशी कम होते गए। अंत में कुमार भौम और कुमार आदित्य ही शेष थे।

“यहाँ उपलब्ध जल के उत्तम स्रोत कौन से हैं?” गुरुदेव के प्रश्न पर दोनों ने अपनी जानकारी अनुसार सभी स्थल बताए। कुमार आदित्य की तैयारी यहाँ काम आ गई थी। उसका ज्ञान देख सब अचंभित हो गए और साधुवाद देने लगे।

“क्या नदी से भी अधिक जल कहीं हो सकता है?” गुरुदेव ने अगला प्रश्न किया।

“हाँ, सागर में।” कुमार भौम ने उत्तर दिया।

“उससे अधिक?”

“महासागर में।” कुमार आदित्य ने उत्तर दिया। किसी भी अन्य शिष्य को इसकी अपेक्षा नहीं थी। नदी से बढ़कर तो किसी ने कुछ देखा नहीं था और सागर का तो नाम मात्र ही सुना था। ऐसे में महासागर! क्या इसका अस्तित्व भी है। या कुमार आदित्य ने असत्य कह दिया है? क्योंकि उस स्थिति में वह हारा माना जाएगा।

“बिल्कुल सही। अब उससे बड़ा भी कुछ है?”

“नहीं।” कुमार आदित्य ने फिर पहले उत्तर दिया। अब सबकी दृष्टि कुमार भौम पर थी। यदि वह भिन्न व सही उत्तर देता है तो वही विजयी माना जाएगा अन्यथा कुमार आदित्य।

“मुझे पता नहीं।” उसने सर झुका लिया। उसका यह उत्तर सुनकर कुमार आदित्य ने अपनी जीत की घोषणा स्वयं ही कर दी।

"आचार्य! अब तो आप मानते हैं कि मैं ही सर्वश्रेष्ठ हूँ और मेरा ज्ञान सबसे अधिक है?" उस को आधिकारिक पुष्टि की प्रतीक्षा थी।

"निस्संदेह तुम्हारे ज्ञान की यहाँ तुलना किसी से नहीं की जा सकती किन्तु सर्वश्रेष्ठ होने का निर्णय अभी नहीं हुआ है।" गुरुदेव की बात कोई समझा नहीं।

"कुमार भौम! पुत्र, क्या तुम अपने उत्तर का आशय स्पष्ट करना चाहोगे?"

"जी आचार्य। जब तक मैंने घड़ा देखा था तब तक उसे ही जल का सबसे बड़ा स्रोत मानता था। फिर मेरा परिचय कुएँ से हुआ और फिर जलाशय, झील और नदियों से। हर बार मुझे लगता था कि वही सबसे बड़ा स्रोत है। फिर आपने सागर का विवरण दिया। उससे बड़ा तो क्या ही हो सकता होगा! लेकिन महासागर मेरी जानकारी में पृथ्वी पर सबसे बड़ा जलाशय है। लेकिन क्या यह संभव नहीं कि उससे बड़ा भी कुछ हो? जब मेरे ज्ञान का विस्तार हर बार कम प्रमाणित होता है तो भविष्य में भी हो सकता है। मेरा विचार है कि जब तक मैं सब कुछ न जान लूँ, तब तक अपने ज्ञान के अंतिम होने का दावा नहीं कर सकता।" कुमार भौम ने फिर सर झुका लिया।

"बहुत अच्छे पुत्र! मुझे तुमसे ऐसे ही उत्तर की आशा थी। कुमार आदित्य, क्या अब भी तुम स्वयं को श्रेष्ठतम मानते हो?"

"जी नहीं आचार्य। मैं अपनी भूल को स्वीकारता हूँ। मित्र भौम ही आपके प्रिय होने के अधिकारी हैं।" कुमार आदित्य ने अपनी हार मान ली।

"पुत्र! तुम भी मुझे उतने ही प्रिय हो। तुमने ज्ञानार्जन के लिए जो श्रम किया है वह भी प्रशंसनीय है। तुम्हारी भूल केवल इतनी थी कि तुमने उसे ही अंतिम सत्य मान लिया। इस संसार में श्रेष्ठ ज्ञानी भी अपने ज्ञान को अंतिम सत्य नहीं मानते और न ही कभी स्वयं को श्रेष्ठतम सिद्ध करने की

चेष्टा करते हैं। उनका प्रयास केवल उस एक सत्य को जानना होता है जिसे विभिन्न विद्वजन विभिन्न प्रकार से बोलते हैं। उसके लिए किसी भी स्थान पर किसी भी स्रोत से जो सीख मिल जाए, वो कम है पर सहायक है।"

"जी आचार्य।" कुमार आदित्य के साथ अन्य शिष्यों ने भी आज एक महत्तवपूर्ण सीख पाई। गुरुदेव ने भी उस को पुरस्कार के रूप में नेतृत्व का अवसर दिया।

* * *

कहानी पढ़कर आप तो सब कुछ समझ ही गए होंगे। मेरी स्थिति भी कुछ ऐसी ही थी। जब मैं पुस्तकालय पहली बार आई थी तो सोचती थी कि इन पुस्तकों में मुझे क्या ही मिल जाएगा! फिर जब पढ़ने लगी तब प्रतीत हुआ कि कुछ तो सीखा जा सकता है। मुझे जब जो अर्थ समझ आता उसे ही स्वीकार लेती। लेकिन सत्य का विस्तार मेरी सोच से भी बड़ा था और अनुभव से भी। इसलिए सदा मात खाती रही। मैं मानने लगी थी कि मुझे अपार ज्ञान का भण्डार मिल गया है। उस ही ज्ञान के अभिमान में मैं औरों को प्रवचन-से देने लगी थी। मुझे लगने लगा था कि यही अंतिम सत्य है। फिर आपने मुझे अपने बारे में जानने का सुझाव दिया। और मैं सोचने लगी कि यही तो सही उपाय है।

पर इस बार जो आपने कहा, उससे लगा कि सभी बातें एक-दूसरे को अनुचित प्रमाणित करती हैं और मुझे उलझाती हैं। लेकिन अब मैं समझ गई हूँ कि मेरे ज्ञान का विस्तार अभी भी सीमित है। आपके अनुसार एक से अधिक सिद्धान्त एक साथ सत्य हो सकते हैं, भले ही कितने ही विपरीत प्रतीत होते हों। सच कहूँ तो मेरे लिए यह स्वीकार पाना अभी भी कठिन है। संभवतः मैं अभी भी पृथ्वी को एक स्थान के रूप में नहीं देख पा रही

हूँ। इसलिए जहाँ एक ओर आप दिन की रोशनी में जी रहे हैं वहीं मैं रात के अंधकार में खोई हुई हूँ।

मैं नहीं जानती कि यह विश्व पुस्तकालय है या रंगमंच। यह भी नहीं कह सकती कि इसका रचयिता कोई शिल्पकार है या संगीतकार। लेकिन इतना समझ गई हूँ कि एक कमरे में बैठकर पुस्तकीय ज्ञान प्राप्त करके तो कुछ स्पष्ट नहीं होगा। इसलिए यह निर्णय लिया है कि वास्तविकता से परिचय करूँगी, लोगों के बीच जाकर उन्हें समझूँगी और आशा है कि स्वयं को भी। इस बार मेरे निर्णय में आपको दृढ़ता अवश्य दिखेगी। लेकिन मैं यह भी स्पष्ट कर देना चाहती हूँ कि मैं न तो पुस्तकों का अपमान कर रही हूँ और न ही अपने यहाँ आने को भूल मानती हूँ। राजा की तरह मेरी उपस्थिति भी केवल एक नई सीख लेने के लिए रही होगी। लेकिन जब तक वनवासी जैसी स्पष्टता मुझे अपने जीवन की न हो तब तक मन शान्त नहीं होगा। यह सच है कि मैं लोगों से मिलना पसंद नहीं करती हूँ, लेकिन सच तो यह भी था कि कुछ समय पहले तक पुस्तकों के प्रति भी मेरी राय सकारात्मक नहीं थी। और यदि अपने मन के विरुद्ध जाकर मुझे मन की शान्ति मिलने की संभावना है तो एक प्रयास क्यों नहीं किया जाए?

यदि मैं यह कहती हूँ कि पुस्तकालय 'कभी नहीं' आऊँगी तो यह अब तक की मिली सीख का अपमान होगा। लेकिन यथार्थ को जानने में कितना समय लग जाए, कहा नहीं जा सकता। विशेषकर तब जब इतने सारे सिद्धान्त जानने को यहाँ मिले हैं जो एक ओर सही भी लगते हैं तो दूसरी ओर विरोधाभासी भी। पर अब इतना तो भरोसा हो ही गया है कि प्रयास सही हो तो परिणाम भी मिलता है। इस ही सोच के साथ आगे बढ़ रही हूँ।

विदा लेना कठिन होता है। सामने रहती तो कुछ बोल नहीं पाती। और जहाँ बोलना संभव न हो वहाँ लिख देना चाहिए, यही सोचकर आप तक यह पत्र पहुँचाया है। यह भी आप से ही सीखा है इसलिए सोचती हूँ कि

आपके बिना आगे का मार्ग कितना कठिन होगा। यह बात मुझे डराती है लेकिन यह डर भी उस नारियल के जैसा है जिसे यथोचित तोड़ दिया जाए तो आशा, उपाय और उत्साह सब मिल जाता है। इसलिए अकेले आगे तो बढ़ना ही है। मैं जानती हूँ कि आपको भी जिज्ञासा रहेगी इसलिए यूँ ही पत्रों द्वारा आपको अपनी प्रगति एवं विचारोन्नति से अवगत कराती रहूँगी।

आप चाहें तो मेरी इस कहानी को अपनी भावी पत्रिका में रख सकते हैं। जानती हूँ मेरे लेखन में भी बहुत सी त्रुटियाँ रही होंगी इसलिए आप इसे स्वीकार नहीं भी करेंगे तो भी मुझे कोई निराशा नहीं होगी। मेरी कहानी पुस्तकालय का भाग बने न बने लेकिन एक पुस्तकालय हर एक क्षेत्र का भाग हो, इसके लिए प्रार्थना करूँगी।

आपके मार्गदर्शन के लिए पुनः धन्यवाद। मुझे विश्वास है कि आपका आशीर्वाद मुझ तक पहुँचता रहेगा।

आपकी और अपने जीवन की

नायिका

* * *

रसिका का पत्र पढ़कर अध्यक्ष महोदय भी अपनी अश्रुधारा को रोक न सके। उन्हें एक ओर जहाँ उस पर गर्व था वहीं दूसरी ओर उसके जैसी जिज्ञासु शिष्या के चले जाने का दुःख भी। 'शिष्या', हाँ शिष्या ही तो बन गई थी। आधिकारिक तौर पर नहीं कह सकते क्योंकि गुरु और शिष्या बनने की कोई औपचारिकता उन्होंने निभाई नहीं थी। न ही कभी इसे बोला ही गया था। और वास्तव में इसकी आवश्यकता भी नहीं थी। जहाँ भाव प्रभाव डालते हैं वहाँ शब्दों का महत्त्व नहीं रह जाता। और एक गुरु के लिए यह एक अटल सत्य है कि उसके शिष्य को एक दिन आगे बढ़ ही जाना होता है, एक रूपांतरण के बाद।

जैसे नायिका, जो आई थी वह एक हठी, अभिमानी, चिड़चिड़ी युवती थी, पर जो चली गई वह तो कोई और ही थी। यह पुस्तकालय उस नायिका की यात्रा का पड़ाव मात्र था। वह यात्रा जिससे वह स्वयं ही अपरिचित थी, पर जिसका मार्ग उन्होंने ही प्रशस्त किया था। जिस पर चलकर वह अपने आप तक पहुँच पाए।

पर अब मानो मार्ग का भूतपूर्व अंधकार उनके मन में छाने लगा था। जो कार्य वे करना चाहते थे वही तो हो रहा था। प्रयास से भी वे परिचित थे और परिणाम से भी। फिर क्यों वे इतने वर्षों में पहली बार भावुक हो गए? वे सोचने लगे। मानव मन को समझ पाना इतना सरल नहीं है। पहले प्राप्त करने के लिए तरसता है। प्राप्त कर लेने पर तिरस्कार कर देता है। और फिर छूट जाने पर विचलित हो उठता है!

उन्होंने स्वयं को संभाला और अपनी कुर्सी पर बैठकर अपने लिखे पन्नों को कुछ देर घूरते रहे। किसी के आने या चले जाने से कार्य तो नहीं रोका जा सकता था। लेकिन आज मानों उनकी स्याही भी उनकी आँखों जैसी सूखने लगी थी। वे न चाहते हुए भी उसके बारे में ही सोच रहे थे। उसकी भावी यात्रा कैसी होगी? उसने जो सीखा है उसे व्यवहार में लाती

रहेगी? क्या कुछ नया सीखने के लिए वह मन और बुद्धि में स्थान बनाए रखेगी? प्रश्न बहुत थे और केवल उसके पत्र ही अब उनका उत्तर दे सकते थे।

इसलिए उन्होंने संयम रखते हुए प्रतीक्षा करना ही उचित समझा। फिर भी वे अपनी कहानी का अगला भाग नहीं लिख पा रहे थे, जिसमें उसकी नायिका के सामने रहस्य खुलने थे। जीवन के वही रहस्य जिन पर हम प्रायः विचार नहीं करते। और आज वे करना चाह रहे थे तो स्वयं ही विफल हो रहे थे।

क्या उनकी यह नायिका रहस्य को भेद सकेगी? या कोई नया अन्वेषी नवीण पहेलियाँ लेकर उनके पुस्तकालय का द्वार खटखटाएगा?

जो अव्यक्त रहा...

'रस' की चाह रखने वाली रसिका के लिए अब 'रस' के अर्थ बदल चुके हैं। इस पुस्तकालय में उसका तनाव नष्ट हुआ और ज्ञान रस की प्राप्ति हुई। और वह उसके विस्तार हेतु आगे बढ़ चली। उसकी भावी यात्रा कैसी होगी यह जानने के लिए अध्यक्ष महोदय जितने उत्सुक हैं, आशा है उतने ही उत्सुक आप भी होंगे। उसके लिए हम एक बार फिर मिलेंगे।

आपके विचार मेरे लिए महत्त्वपूर्ण हैं। अतः यह अवश्य बताएँ कि इस पुस्तकालय ने आपके विचारों को किस प्रकार प्रभावित किया। इस पुस्तक के बारे में अपनी राय एवं सुझाव साझा करें।

आप मुझ से निम्नलिखित पर संपर्क कर सकते हैं:
ई-मेल्: preritdaga@gmail.com

www.ingramcontent.com/pod-product-compliance
Lightning Source LLC
LaVergne TN
LVHW090403051026
849518LV00006B/2227
9788119562251